NIANLUN LI DE
DAJIA

# 王蒙选本

王 蒙 著

新 疆 人 民 出 版 社
（新疆少数民族出版基地）

**图书在版编目(CIP)数据**

王蒙选本 / 王蒙著. -- 乌鲁木齐 : 新疆人民出版社(新疆少数民族出版基地), 2025. 6. -- (年轮里的大家). -- ISBN 978-7-228-21560-7

I. I217.2

中国国家版本馆CIP数据核字第2025CE4315号

# 王蒙选本

WANG MENG XUANBEN

| | | | |
|---|---|---|---|
| **出 版 人** | 李翠玲 | **策　　划** | 李翠玲　可　木 |
| **出版统筹** | 陈　漠 | **责任编辑** | 高　珊 |
| **装帧设计** | 王　洋　杨世新 | **美术创意** | 饶力文　姚竣译 |
| **责任技术编辑** | 王　娟 | **责任校对** | 美热依 |

| | |
|---|---|
| **出版发行** | 新疆人民出版社(新疆少数民族出版基地) |
| **地　　址** | 乌鲁木齐市解放南路348号 |
| **邮　　编** | 830001 |
| **电　　话** | 0991–2825887(总编室)　0991–2837939(营销发行部) |
| **制　　作** | 乌鲁木齐市向好文化传媒有限公司 |
| **印　　刷** | 北京富诚彩色印刷有限公司 |

| | |
|---|---|
| **开　　本** | 787mm × 1092mm　1/32 |
| **印　　张** | 10.625 |
| **字　　数** | 200千字 |
| **版　　次** | 2025年6月第1版 |
| **印　　次** | 2025年6月第1次印刷 |
| **定　　价** | 68.00元 |

# 目　录

## 第三辑　新疆的歌

第一辑

# 春之声

# 春　节

坐在火车上，我静听车轮"哐当哐当"地响，这声音将把我送到北京，送到春节的欢悦里。

车厢里烟气弥漫，有人玩扑克牌，有人嗑瓜子，有人打盹。他们上车时候的高兴心情，都被这旅途的倦怠消磨了。只有我，为自己的秘密所激动，幸福地望着灯火阑珊的远方。

车过丰台了，再快一点儿啊！

一年半前，我考到太原工学院。头年春节，由于表现自己的刚强吧，也许还有别的傻气的念头，我明明没事也不肯回家。错过了一个春节，再等第二个可就不那么容易了。

同学们真有意思，我回北京其实待不了两星期，可他们还成群结队地送我，我的好朋友——也是全班顶好的学生——金东勤，狠命地和我握手。上车十分钟，我就想他们了，再加上考试成绩不太体面(连一个五分都没有),我还真像有点儿心事似的……

不过,考试、同学,这已经成为“过去时”了,现在,家,就要到啦。

一进门,全家轰动起来。妈妈正在包饺子,小弟弟拿面杖敲着案板,大喊:“好哇,真好哇,哥哥回来啦!”谁都说我胖了,我一顿饭能吃七个馒头嘛! 只有妈说我瘦了,而且眼圈还红了红。

我往过去自己睡的铺上一靠,弟弟马上把全家的“物资”运送过来:

“哥哥,快吃! 这是南丰橘,这是国光苹果,这是榛子——可有好些空的,这,这是咱们家的剩馒头……”

而妈妈在一边嚷:“一肚子心火先别吃那些,擦把脸,烫烫脚,吃点挂面,睡一觉吧。”

就这样,大年二十九,我回到了家。

大年三十儿,我排了一下午队,好不容易买了两张戏票。往家走的时候,爆竹声已经密起来。

上高中的时候,我们班与女附中的同年级班建立了密切的联系,我们常一起开晚会、过班日、远足旅行。我也认识了她们班主席沈如红,我和她都爱看苏联小说,聊起天来词特别多。她的脸形和穿的衣服都特别像小孩子。如果打上红领巾，和人说话的时候眼睛一眯，那么就没有人会相信她已经是高三的学生了。我们两个班在一起时，她总爱嘲笑男同学，而我总是第一个起来反攻，互有胜败。毕业以后，她响应教育局的号召，留下当教师，调到了郊区新成立的中学，没有升大学。一年半以来，我在太原，仍然常与她通信。她的信不多，但是充满热情和关心。从上了大学，我好像忽然懂得了，在我们的友谊中，有一种那么纯真、美好、值得珍惜的东西。真奇怪，中学时代竟没有察觉，等到离得远了，我对她却万分亲近起来。她从北京写给我的每一封信，都被我读了又读，想了又想，于是不论上课、打球、散步，我都感到她就在自己的身旁。这次春节回北京，我已经下了决心，要去看她，去和她谈，也许幸福就落在我们身上。我和金东勤说过，他赞成，而且祝福我。

大年初一，我拿着两张戏票出城找沈如红去了。

来到校门口，简直难以置信一会儿就要见着她。她胖了吗？对我的到来，是惊奇？欢迎？还是冷淡？我请她看戏，她高兴吗？虽然我并不迷信，却恨不得对着什么祈祷一回。

沈如红跑出来，没等我“观察”她的神色，就拉着我到她屋里去。她说：“我想，你今天一定会来。”我说：“我在太原，怎么今天一定会来？”她说：“过春节了你还不想妈吗？想妈，还能不来北京吗？来北京，还能不来找我玩吗？”从她谈话的口气，我猜，她一定是教几何的，这样懂得逻辑推理。

我按照早在太原就准备好了的，和她神聊起来。我谈山西的酒和醋，学山西话，描绘工学院教授们的形形色色，谈第一遭出远门的感想，我谈的都是有趣的、逗笑的、生动的。我希望自己的每一句话都使她快活。

她听着，慢慢地点头，却也没有笑。

我有点儿不好意思了，一见面就是我自说自笑。于是我说到半截打住了。

她这才笑了，说：“你呀，还跟从前一样淘气。”

淘气，淘气，我难道是小孩子？我没回答，打量她住的屋子。一间小西房，简单而干净。小书架上堆满了书。全屋只有一件“贵重物品”：桌上放着的一个留声机。

“好阔气呀！”我摸着留声机，问她，“多少钱买的？”

她脸微红着告诉我，一星期以前，学校评优秀教师，她当初一的班主任有成绩，得到了这个奖励。

“你真好！”我去握她的手，“把你的优秀事迹告诉我吧。”

“哪有优秀事迹？”她分辩说，把手从我的手里抽出来，扣好上衣的一个扣子，“我喜欢孩子，他们也喜欢我。就是这么回事……”

她有点儿变了，不是头发的样式，不是长相，不是说话的声音，变了的不在这里。在她说我淘气的时候，在说到“我们班的孩子”的时候，我觉得我面前真的是一个大人，一个老师了。这种感觉使我不由得对她尊敬起来。

“刚当老师的时候，我还为自己的前途惋惜呢，特别是接到同学们的来信，情绪就更波动。你记得我们班的学究、近视眼的黄书萱吗？她现在在莫斯科大学学物理。同学们有的留学，有的上大学，我却留下教书，可是，孩子们教育了我。为了这样的孩子，难道不应该献出一切吗？我就这样扎下了根，在这儿生长起来了。”

我想：她的心灵是多么高尚呀。

“大学生同志，你过得好吗？”她问我。

“就算不坏吧。”我马马虎虎地说。

我又想起来,问她:“黄书萱在莫斯科哪儿?”

她说:“她可棒了,她学了一年俄语,去年九月到的莫斯科。就在我们唱的那个‘列宁山’上。她说,在那儿上课,俄语跟不上,开头跟驾云似的。啊,我这儿还有她的信呢。”

她拿出莫斯科寄来的信。我好奇地、羡慕地看着信封上的苏联邮戳,我原来也被保送去考留苏预备生,因为功课不好没考上,黄书萱的信使我想起这段伤心的事,脸也红了。

“邮票呢?”我问她。

“送给孩子了。”

这时听见一片喧闹,有人敲门,沈如红的眼睛亮了,她骄傲地告诉我:“我的学生们来了。”

“老师过年好!”“老师您好!”六个矮矮的男女学生围上沈如红问好,沈如红一一地回答了他们。

他们瞧见了我,小声问她:“这是谁呀?”

沈如红说:“他姓王,我过去的同学。”

“王老师您好!”大家向我行礼。

“我可不是老师!”不知怎的,这些学生来,使我不太高兴,他们使我不能单独与她在一起。

“老师,您看!”一个孩子掏出一个泥捏的小娃娃，送给沈如红。又一个孩子拿出自己做的书签，书签上画着滑稽人。第三个孩子拿出一艘用粉笔刻成的精致小船。最后一个孩子拿出一个面刺猬，他说："老师，您要是看腻了就可以把它吃喽。"大家都笑了。

沈如红拉开抽屉拿出一摞小本子，送给他们每人一本。他们要求沈老师为他们写几句话，于是她仔细地一本一本地写起来。孩子们围着她、挤着她，目不转睛地望着她。

我羡慕地看着他们。孩子们挨沈如红那么近，沈如红扶着他们的肩膀，摸着他们的头发。我听着他们的谈话声和笑声，老师和学生的声音混在一起。相形之下，我悲苦地觉得，对于沈老师，我这个"淘气的"大学生又算什么？还不如这些孩子更亲近、更可爱呢。

沈如红组织他们开起了联欢会。一个孩子唱歌，一个孩子说笑话，一个孩子学口技，"喔喔喔""咕咕咕"，公鸡、母鸡都来了。沈如红又给他们讲了一段童话，安徒生的《海的女儿》……怎么没个完啊？我气恼了，气沈如红：你忘了我吗？什么时候才能把这些小鬼打发走？也气这些孩子：真讨厌，你们就瞧不见沈老师这里有一位"远方的客人"吗？最气的，还是自己：你满腔热情地从太原来到北京，买了戏票，大年初一不陪妈妈、弟弟玩，倒跑到这里"罚坐"！

"请王老师来一个吧！"送刺猬的小孩提议。

他们鼓掌。

"我什么都不会。"说完我就走到一边，看着窗子。玻璃上映出沈如红的影子，她抬起头来，望着我。我回头一看，遇到她责难的眼光，我不知所措……

沈如红说："来，我们听张唱片吧。"看也不看我，就去打开留声机，上紧弦，开始放唱片。

穿过朝霞太阳照在列宁山，
迎接着黎明多么心欢……

温柔的男高音唱起来了。在我的中学时代，我们曾经多少次地唱这支苏联歌曲呀。我们班和她们班，我和她，曾经多么亲切地共同唱这支明朗的歌啊。

后来孩子们走了，已经快到十二点。我应该说点什么了，否则一切希望就要破灭。我口吃地说："我喜欢这个歌。"

她点头。

我说:“我们一块儿唱过。”

她说:“大概是的。”

沉默了一会儿,我憋红了脸,急急地说出来(因为稍一停顿我就说不下去了)。

“下午你有空吗?一起去听京戏吧。我买了票,听完戏,咱们聊聊……”

她说:“你一提下午我想起来啦,你记得周大个儿吗?”

“周大个儿是我们班的同学,当然记得。”

她高兴地告诉我:“周大个儿可不简单呀!他上了体育学院,当上排球选手啦。你知道他是用左手杀球的,总是出其不意地取胜。去年保加利亚排球队来的时候,他还上场了呢。今天下午,他们有一场排球表演赛,送了我一张票。对了,你去不去?你要去,我给他打个电话再要一张。”

原来是这样。那个周大个儿,那个说话嗓音像破锣、数学考过五十分的周大个儿居然成了选手,居然受到沈如红的赞美,沈如红说他“可不简单啦”。不简单,不简单……

看来,我只有走了。

沈如红留我吃饭,我摇头。沈如红和我谈天,我结结巴巴答不上来。我告辞了几次，走出来。她说要送我走一段路，我也拒绝了。最后我们握手，我无望地紧握着她暖和有力的小手。

快到京戏开演的时间了，我得赶回城里。进城后，买了两个馒头，迎着风，一口一口地啃着馒头，走向戏院。

谢谢张云溪和张春华，他们的精彩表演——《猎虎记》使我暂时忘掉了上午的不愉快，跟着他们，走进了一个勇武豪侠的世界。

回到家，晚饭吃得很少。妈妈以为我病了，摸着我的脑门试温度，又问了我老半天。

夜里，躺在床上，我总也睡不着。爆竹声一直不断，一声比一声急。还恍惚可以听见小孩的叫喊、女人的笑声和春节特别广播节目中的音乐。人人都欢度春节，可我呢，我翻来覆去，久久地思索：这次回家，这次过春节，是什么破坏了我的兴致，使我烦恼起来？因为沈如红吗？不，事实上我没向她表示什么，她也没拒绝，但是我不想再表示什么。从太原到北京，一路上曾经那样使我幸福、使我迷恋的东西，好像已经不重要了。这一切是怎么回事？

渐渐地，渐渐地，我懂了。来到北京，来到老同学的身旁，我觉得我缺少那么一种东西。在沈如红的留声机中，在她和孩子共同的笑声里，在《列宁山》歌曲的旋律中，在周大个儿的排球上，在黄书萱的莫斯科来信中，甚至在京剧演员张云溪的筋斗里，都有一种那么充实、那么骄傲、那么令人羡慕和使自己仿佛变得高大起来的东西。我呢？马马虎虎地上了大学，空着手回到了故乡，什么都没有。

生活里常常这样，我按照作息时间表起床，工作，生活，一切都很顺利，一切也莫过如此。但是，一旦向四周一看，自己已经远远地落在后头，于是，心疼痛了。

第三天，接到金东勤的来信："……现在是三十儿晚上，给你写信。你高兴吧？有个家在北京真是天大的福气。告诉你，我们这儿也很好，现在正举行化装舞会呢……我和小胖商量好，一过初三就组织个补习俄文的小组，咱们班不是俄文没考好吗？可惜你不在，要不然可以当咱们组文体干事，咱们一块儿学习……"

这信，我看了又看，然后告诉妈妈："明天我就回太原去。"妈妈和弟弟纳闷，也有点儿难过，我明明还可以再住十天，一年半没见了，回来了又急着要走。可是，我不能等了，我想立刻回到学校，学习、读书、锻炼身体，和同学们在一起，往前赶，往前攻。原谅我吧，妈妈！

当我坐着火车，在汽笛声中缓缓离去的时候，偷偷掉下了一滴眼泪。是舍不得自己的家吗？我已经是大小伙子了。是惋惜春节过得太快？不如说是留恋。旧日在一起的姑娘们呢？她们都很好。春节过得热闹、轻松，而且满足。今年春节来得早，雪都快化了。

日子在飞，人也变了，他们都有的可夸耀，得奖啦，当选手啦，去苏联留学啦。瞧沈如红和孩子们那个笑哇，笑得房都要塌了。连张云溪得的掌声都比往年多，他谢了七次幕。

我咬了咬牙，那真正辉煌的生活是要到来了。等明年春节，我就要放着一片金光回家喽。那时候我去听戏，去找沈如红，去看周大个儿的排球……

就是为了这，我离开北京的时候想了老半天；就是为了这，我坐在火车上忍不住掉下泪来……

发表于《文艺学习》1956年第3期

# 眼　睛

星期日下午六点，镇文化馆值班员苏森如，在书库——也是他的办公室里，埋头写信。

亲爱的芹：

…………

我每每回忆往事，关于志愿、理想、走向生活，我们想过、谈过、写过多少美丽的图景啊。哪一个学生没有梦见过自己发明了万能工作母机，或者飞到了海王星上呢？这些天真的、可爱的、大吵大叫的幻想，一旦接触到现实，就被那冷静的现实生活迅速地、不言不语地、心平气和地给粉碎了。谁能想到，我，一个高等学校毕业生，会被分配到这个乡间小镇的文化馆，和连环图画、幻灯片打起交道呢。

苏森如把笔放下，点起了一支烟。他听着木板外边报刊阅览室里人们踮起脚走着路，到报架旁边翻看和调换报纸的声音，还有人在轻轻地咳嗽。他吸了一口烟，默默地看着高大书架中间的秋阳夕照，有许多微尘在光束里浮动。他嗅见了一种熟悉的气味，有旧书上读者的手指留下的汗污味，有陈年的纸张的霉潮味，有新书的油墨味，有书架的木料与油漆挥发的气味。还有木板那边传来的农村青年读者身上的气味。总之，这是一种乡村图书馆特有的、必有的混合气味。这种略略酸苦的气味一钻入苏森如的鼻孔，就使他不能不想起自己狭窄的、不如意的、默默无闻的生活，使他十分忧郁了。

他把烟放在桌角，继续写下去：

我害怕下午，害怕夕阳把橙黄色的光投照在东墙上，这阳光逼迫我不能不感觉到，日子在一天一天、永无休止地流逝……

他皱皱眉，又写：

当然，我只是和你谈谈而已。不告诉你，又能告诉谁呢？至于工作，我还是会好好地做。我会努力振作起来，更希望不要影响你的心绪。领导对我说，几年来的灾害给国家带来了一些困难，目前，还是处于一个事业大发展的时期，说让我在基层工作一段时间，锻炼锻炼，会有许多好处。谁不知道这些道理呢？但是，过去昼夜盼望着的未来，毕竟不是这样的啊……

“啪啪啪”，有人敲响借书窗口。

苏森如翻过信纸，一手拿起烟，一手打开小窗，看也不看地说：“同志，借书时间已经过了。”

“不，您得帮忙。”回答的是一个急切的、清脆的女声。

苏森如这才低下头，把脸凑近窗口，他看见一双乌黑的、燃烧着热情和希望的眼睛。是一个农村姑娘，穿着花衬衫，梳着短辫子，两只小辫一边系着一块小手绢，她的额头沁满了汗珠，她的身后还有一个姑娘。

“这面孔倒像哪里见过似的。”苏淼如想，他皱着眉，问：“什么事？”

“我们要借一本《红岩》。”

“《红岩》？”苏淼如淡淡地一笑，“早借光了。”他笑她们把借《红岩》想得如此轻易。

“我们需要《红岩》，明天晚上过团日，动员秋收，我们要朗诵《红岩》里的片段，鼓舞青年们。”

“咱们这儿有八本《红岩》，都分到各大队去了。至少也得一个月以后才能收回来，你们可以先登记一下，等有了，我们通知你。”

“那不行，我们急着用呢！我们是紫李子峪村的，您给我们找一本吧，我们保证爱护图书，按时归还……”这姑娘执拗地紧盯着苏淼如说。

“不是和你说了吗！”苏淼如不耐烦了，“没有，就是没有。”

“那——”那姑娘的眼神显出失望的样子，她拉一拉女伴的衣角。

“别的书，《朝阳花》？”身旁的女伴说。

“《朝阳花》《创业史》《红旗谱》《革命烈士诗抄》，全部都借出去了。你们要看长篇小说，这儿只有翻译书了。”苏淼如伸手从书架取下了几本大部头的书,放在小窗口。

那姑娘翻了翻拿给她的精装书,眼睛困惑地眨一眨,问道:"这书,能配合动员秋收吗?"

"这些书,包括《红岩》在内,都是文学名著,都不是动员秋收的宣传材料!"苏森如一个字一个字地重重地说,那姑娘的无知和啰唆使他有点儿气恼。他粗鲁地夺回了木窗下的书,转过身去,把书放回原处。

"劳驾,同志,请您告诉我,到哪里可以找着《红岩》呢?"那姑娘仍然耐心地请求他。

"哪儿也没有。新华书店来过几本,"说到这里,他停顿了一下,"十分钟就卖光了。"

梳短辫子的姑娘听了,眼神一下子变得那样沮丧,使苏森如也感动了,他叹了口气,说:"县图书馆阅览室倒是有一本,但那是只供在那儿阅读的……"

"一定有吗?"不等他说完,那姑娘就急着问。

"一定有,可是……"

姑娘不听他的"可是",扭头拉上自己的同伴,说:"走,咱们上县城去!"

"不成,不成,"苏森如连忙摆手,"那本书不外借!"

“没关系。”姑娘一边回答，一边拉上她的女伴，走了。推门的时候，隔着小窗，苏森如看到她的黑半截裤下裸露的小腿，腿上蒙着一层多么厚的灰土啊。

苏森如略略一愣，推门追了出去，来到街上，两位姑娘已经走了老远，苏森如用手在口边拢成一个喇叭筒，喊道：“喂，你们别去了！通往县里的班车已经过点了……”

“不要紧，我们走着去！”那姑娘转过身，向他招手，走了。

苏森如拖着缓慢的步子往回走，不知为什么，他有一种怅然若失的感觉。

闹钟响铃，到了闭馆时间。报刊阅览室的读者开始散去。苏森如习惯性地过去整理一下杂志，在借书窗口下面的地上，他看到了从那两位姑娘的鞋子上落下的黄泥巴。

“真是个热情的好姑娘！”苏森如微笑了。

把《科学大众》从桌子角放回原处，再把《河北日报》的报夹子拧紧，然后，他回到那高大的书架边，他的写字台前，他略一迟疑，拉开抽屉，拿出了一本红光耀眼的新书——《红岩》。

他看了看四周，好像怕被什么人看见似的。

然后挥一挥手，驱掉心头出现的一股愧意，无限珍爱地、小心翼翼地打开书，掏出笔，甩一甩水，深情地在扉页上题道：

给亲爱的芹

森如购于一个偏僻的小镇　初秋

他继续写信：

…………

寄去你最喜欢而又求之未得的书。可真难弄！新华书店的小刘尊敬我这个大学生，特地给我留了一本。这也算是"走后门"吧。你还想看什么书？需要什么？如果我能为你办点事，那就是最大的幸福。告诉你吧……

第二天一早，苏森如去邮局寄发自己的书和信。邮务员是一个快活的和谁都一见如故的女孩子。她接过挂号邮件，问道："什么书？"

"《红岩》。"苏森如不经意地说。

"《红岩》?！"邮务员惊叫了一声，看了看收件人的姓名、住址，调皮地说，“她可真有福气。”

由于矜持，苏森如没有说什么。其实，他也分明因为那邮务员的惊羡而觉得满足了。他轻快地信步走到柜台的右边，翻看最近的期刊。还有什么比为自己心爱的人做事更使人喜悦呢？他的信，他的书，将要沿着铁路、公路，走向城市，送到他的未婚爱人手里，当魏芹打开邮包的时候，一抹笑意会使她的面容更加美丽……

他随手捡起了一本《中国妇女》，一眼看见了一个熟悉的面孔，梳着两只短辫，睁着大眼睛，热情地、执拗地注视着他。

是谁？

他用手指着杂志的封面，结结巴巴地问那邮务员：“她，她是？”

活泼的邮务员一跳一跳地走了过来，大笑着说：

“您呀，您连她都不知道？她就是林——燕——子！”

林燕子？

他听说过，就在他们县，有这么一位鼎鼎大名的林燕子，她是改造荒山的英雄，是知识青年参加农业生产的先驱。她出席过群英会，代表中国青年参加过世界青年联欢节，访问过朝鲜。《中国青年报》曾经整版刊登过她的事迹，中央新闻纪录电影制片厂还曾经为她拍摄过纪录片……

“她是哪个村的人？”

“紫李子峪！”

苏森如脑子里“轰”的一声，他嗫嚅着抄起了杂志就走，不顾邮务员提醒他：“每本一毛六分钱。”

回到文化馆，他双手捧着《中国妇女》，一遍又一遍地端详着林燕子，一遍比一遍看得真切，一遍比一遍看得明白：

是她！

他马上给县图书馆挂电话，找着了新来的管理员小伍。

“喂，昨天晚上，紫李子峪村的两个女青年，到你们那里去了吗？”

“来了，她们刚刚乘车走。”

“什么？”

“是啊。她们真了不起，走了五十里的山路去你们镇，又徒步二十里来到咱们县里。她们拿到《红岩》，整整在阅览室抄写了一夜，她们抄下了需要的几段，说是要在团日上朗诵呢！”

“你怎么不把书借给人家?”

“是啊,她们的精神实在感动人,我已经答应可以破格把阅览室的书借出去,但是那个梳短辫子的姑娘说,‘为什么要对我们特殊呢? 现在,需要《红岩》的人是很多很多的。’”

“你知道她是谁吗? 那个姑娘?”

“谁?”

“林——燕——子!”

苏淼如把电话挂上,重重地喘着气。谁想得到,一个用布手绢系着小辫、穿着黑半截裤、满腿泥土的小姑娘,竟是全国闻名、上过报、出过国的英雄! 她是那样热烈、谦和、朴素,不达目的决不罢休,而又严守制度,照顾别人。这正是英雄本色! 怎么他昨天一点儿也没想到,一点儿也没有看出来呢? 他真是平庸、迟钝、糊涂! 林燕子来到这小小的图书馆向他借《红岩》,而他居然那样冷淡,那样不负责任……要知道,就在林燕子奔波七十里,夜抄《红岩》的时候,他正为将给未婚妻寄去那本书而愉快地鼾睡呢!

林燕子像一道闪电一样照亮了他灰色的生活,青春、功勋、荣誉……他感到一种巨大的光明和温暖,他害怕失去它们,他必须紧紧地去靠近,去抓住……

还可以补救！紧张中苏森如变得格外聪明。现在是八点十七分，火车还没有来，他的《红岩》还没离开此地，可以赶紧去把邮包索取回来，然后立即去紫李子峪，把《红岩》给林燕子送去，告诉林燕子："知道您急需这本书，我特意找到给您送来了。"

林燕子呢，一定会感激地握住他的手，说："谢谢您！"

他怎么回答呢？他要说："不，是您教育了我。"

正当苏森如兴奋地准备出门时，电话铃响了。

县图书馆小伍来电话说："老苏，告诉你，我们'调查研究'了一番，昨天来的那姑娘并不是林燕子。"

"什么？不会的！"

"不是林燕子。第一，林燕子今年已经二十七岁了，而那姑娘，看样子不过十八九岁。"

"二十七岁？不会吧？你看到这期《中国妇女》了没有？封面上有林燕子的照片，年轻得很哪！"

"唉，那还不是制版人的能耐！他们把你的照片印出来，一看，年轻了十岁。还有第二呢，林燕子现在是长关公社的主任，那姑娘，可不像主任……”

“那……那也不……不一定……”苏淼如困惑了。

“还有第三呢，我们这儿有人认识林燕子，他也看见昨天来的姑娘了，他说根本不是……”

“唉，你怎么不早说这个第三点！”苏淼如颓然放下了电话，像一个泄了气的皮球，自语道：“原来如此！”

现在，一切都弄清楚了。苏淼如擦着汗怨自己太沉不住气，又怨杂志刊登人物照片时的修版未免太狠。渐渐地，他有点儿失望，原来，在他的平凡枯燥的生活里，并没有戏剧性地出现这样一个光芒四射的英雄。而林燕子，毕竟是公社主任了，与昨天来的那个普普通通的小姑娘，和他——一个默默无闻的“小干部”，有着不小的距离。

“这也好，不必把已经寄出去的书要回来了。”

苏淼如安慰着自己，开始登记书店送来的新书。

《中国蔬菜优良品种》：乙 1085；《猪瘟防治法》：乙 0293；《人物肖像画初步》……咦，来了本美术书，肖像……奇怪，那姑娘的肖像怎么和林燕子那么相仿呢？她究竟是谁呢？

他抬头看了看《中国妇女》，林燕子的那两只眼睛不就是昨天隔着小木窗盯着他的那一双吗？奇怪，竟是一模一样。也许，她是林燕子的妹妹？别胡思乱想了。《人物肖像画初步》：庚0096；《和青年朋友们谈人生观问题》：甲0947；《什么是青年人的远大理想？》：甲0948；……有意思，人生呀，理想呀，在他十六年的学生生活里谈过上千遍，可怎么什么也没弄明白呢？就说林燕子吧，她的理想，她的人生……啊，又是林燕子！

尽管苏淼如一次又一次地告诉自己：经过"调查研究"，肯定她不是林燕子，那么，她来借书也就不算什么了不起的事件。而林燕子也就和他的生活毫无关系，他完全不必再想她和林燕子。但是他做不到，在他的思想里，左也是林燕子，右也是林燕子……

于是，他干脆挪开书，拿起《中国妇女》，激动地阅读林燕子的事迹，当他读到林燕子带领社员们在冰天雪地之中开山劈石，一篓篓地从河滩背土，从别处运来改良本地土壤的土，在自古以来的荒山上垒起一块块的梯田，种上了庄稼的时候，他的眼睛湿润了。

苏森如深深地沉浸在林燕子的斗争和生活里，连文化馆的馆长开门进来他都不知道，直到馆长走到他的身边。

馆长亲切地向他问好，告诉他说："刚才，长关公社主任林燕子来电话……"

"什么？"苏森如霍地站了起来。

"林燕子来电话说，"馆长没有注意苏森如的异常反应，继续说，"下月九号，他们公社召开还乡知识青年积极分子大会，她请咱们文化馆去一个人讲讲文艺阅读的问题。我们考虑让你去。"

"我？讲文艺阅读？我讲不了。"苏森如慌乱地说。

"不要谦虚嘛！"馆长亲切地拍一拍他的肩膀，"我告诉林燕子了，咱们这儿来了一位大学生。她特别欢迎，她说，还盼望你到村里去，给青年们讲一讲《红岩》。许多青年想看，但找不到书。"

"我、我、我不行啊！"

"有什么不行呢？去干吧。现在农村知识青年增多了，一定要把文艺阅读的辅导工作抓起来。有困难，咱们一起商量吧。大家对你的期待很不小呢。"

馆长走了，苏森如呆呆地站在那里。

瞧，这一次是"真正的"林燕子出现了！林燕子要求他，不，是命令他去工作。

从昨天下午，林燕子——"真"的林燕子和"假"的林燕子，闯入他的生活、他的有着特殊气味的图书室来了，他没有丝毫准备，他的心被搅得翻天覆地。无论怎样，他也躲不开那双明亮的眼睛的逼视。似乎有许多问题，许多重大的、关于他的道路和命运的问题等待着他去好好地想一想，想一想……

怎么办呢？

他点起一支烟，使自己平静，然后缓缓地走到窗边，向外望去。

秋天的晴空，晶蓝如玉，细鳞似的发光的白云，伸展成大扇面形，使白云下的庄稼显得葱郁黑碧，夹着大棒的玉米，弯着头缨的高粱，还有一大片谷子——那是"刀把齐"，那是"大白"，苏森如最近才学会了辨认几种谷子——都长得十分茁壮。大路上有膘肥体壮的青骡子驾着大车，车上装着堆成小山似的茄子、冬瓜。大路这边，社员正在浇大白菜，苏森如似乎嗅得见地里的芳香的新鲜的沁人心脾的生菜味儿。

“今年会有一个多么好的收成啊！”苏森如快乐地想，“那姑娘把《红岩》当作动员秋收的传单呢。”他笑了，但是，不等他笑出来，一个尖锐的思想突然钻进他的头脑里：

“如果说她们用《红岩》动员秋收是亵渎了文学，那么我呢？我的一切，我的情绪和我随着《红岩》一起寄走的信，又算是什么呢？”

这个思想是这样严厉，这样尖刻，像一把匕首一样指向他的胸膛，他战栗了。

他哆哆嗦嗦地走回办公桌边，马上拿起笔办公。

《刘胡兰小传》：丙5033；《向秀丽》：丙5034；《在……》，慢着，他又有了新的发现。

他拿起《刘胡兰小传》和《向秀丽》，凝视着倔强无畏的刘胡兰和质朴磊落的向秀丽的画像，再看看《中国妇女》的封面，他恍然了。

原来，不论是刘胡兰、向秀丽还是林燕子，不管每个人的年龄、经历、事迹、面孔有着怎样的不同，她们都有着一样的眼睛。清亮的、充满热情的、望得很远又很坚定的眼睛，这些眼睛注视着他。

原来——他这才明白，那个前来借书的小姑

娘是不是林燕子这并不重要。重要的是，她，她的女伴，还有许许多多的年轻人，都有着和刘胡兰、向秀丽、林燕子一样的眼睛——一样的心。

苏森如跑去找馆长，说他要下乡了解情况，同意准备一下，好给长关公社的青年做报告。馆长赞许地点了点头。于是，苏森如急急向邮局跑去，在那多嘴的邮务员惊愕的注视之中索回了邮包，取出了《红岩》。他兴高采烈地跑出来，在明丽的秋阳的照耀下，他要翻山越岭到紫李子峪去。他必须在晚饭以前把书送到那里，必须赶在她们的团日举行之前。

发表于《北京文艺》1962年第10期

# 春之声

“咣”的一声，黑夜就到来了。一个昏黄的、方方的大月亮出现在对面墙上。岳之峰的心紧缩了一下，又舒张开了。车身在轻轻地颤抖，人们在轻轻地摇晃。多么甜蜜的童年的摇篮啊！夏天的时候，把衣服放在大柳树下，脱光了屁股的小伙伴们一跃跳进故乡清凉的小河里，一个猛子扎出十几米，谁知道谁在哪里露出头来呢？谁知道被他慌乱中吞下的一口水里包含着多少条蛤蟆蝌蚪呢？闭上眼睛，熟睡在闪耀着阳光和树影的涟漪之上，不也是这样轻轻地、轻轻地摇晃着的吗？失去了的和没有失去的童年和故乡，责备我吗？欢迎我吗？母亲的坟墓和正在走向坟墓的父亲！

方方的月亮在移动，消失，又重新诞生。唯一的小方窗里透进了光束，是落日的余晖还是站台的灯？为什么连另外三个方窗也被遮严了呢？黑咕隆咚的，好像紧接着下午便是深夜。门"咣"地一关，就和外界隔开了。那愈来愈响的声音是下起了冰雹吗？是铁锤砸在铁砧上？在黄土高原的乡下，到处还靠人打铁，我们祖国的胳膊有多么发达的肌肉！呵，当然，那只是车轮撞击铁轨的噪声，来自这一节铁轨与那一节铁轨之间的缝隙。目前不是正在流行一支轻柔的歌曲吗？叫作什么来着？——《泉水叮咚响》。如果火车也"叮咚叮咚"地响起来呢？广州人可真会生活，不像这西北高原，人的脸上和房屋的窗玻璃上到处都蒙着一层厚厚的黄土。广州人的凉棚下面垂挂着许许多多三角形的瓷板，它们伴随着清风发出"叮叮咚咚"的清脆声音，愉悦着心灵。美国的抽象派音乐却叫人发狂。真不知道基辛格听我们的杨子荣咏叹调时有什么样的感受。京剧锣鼓里有噪声，所有的噪声都是令人不快的吗？反正火车开动以后的铁轮声给人以鼓舞和希望。下一站，或者下一站的下一站，或者许多的下一站以后的下一站，你所寻找的生活就在那里，母亲或者孩子，友人或者妻子，温热的澡盆或者丰盛的饮食正在那里等待着你。都是回家过年的，过春节，过我们中华民族最美好的节日。谢天谢地，现在全国人民都可以快快乐乐地过年了。

这真有趣。在出国考察三个月回来之后，在北京的高级宾馆里住了一阵——总结啦，汇报啦，接见啦，报告啦……之后，岳之峰接到了八十多岁的父亲的信。他决定回一趟阔别二十多年的家乡。这是不是个错误呢？他怎么也没想到要坐两个小时零四十七分钟的闷罐子车呀。三个小时以前，他还坐在从北京开往X城的三叉戟客机的宽敞、舒适的座位上。两个月以前，他还坐在驶向汉堡的易北河客轮上。现在呢，他和那些风尘仆仆的、在黑暗中看不清面容的旅客们挤在一起，就像沙丁鱼挤在罐头盒子里。甚至于他辨别不出火车到底是在向哪个方向行走，眼前只有那月亮似的光斑在飞速移动，火车的行驶究竟是和光斑方向相同抑或相反呢？他这个工程物理学家竟为这个连小学生都答得上来的、根本算不上是几何光学的问题伤了半天脑筋。

他已经有二十多年没有回过家乡了。斯图加特的奔驰汽车工厂的装配线在不停地转动，车间洁净敞亮，没有多少噪声。西门子公司规模巨大，具有一百三十年的历史，而我们才刚刚起步。赶上，赶上！不管有多么艰难。“哞，哞，哞”，快点开，

快点开，快开，快开，快，快，快，车轮的声音从低沉的三拍一小节变成两拍一小节，最后变成高亢的呼号了。闷罐子车也罢，正在快开。何况天上还有三叉戟？

尘土和纸烟的雾气中出现了旱烟叶发出的辣味，像是在给气管和肺针灸。梅花针大概扎在肺叶上了。汗味就柔和得多了。方言的浓度在旱烟味与汗味之间，既刺激，又亲切。还有南瓜的香味哩！谁在吃南瓜？X城火车站前的广场上没有见卖熟南瓜的呀？别的小吃和土特产倒是都有，花生、核桃、葵花籽、柿饼、酸枣、绿豆糕、山药、蕨麻……全有卖的。从前就像变戏法一样，举起一块红布，向左指上两指，这些东西就全没了，连火柴、电池、肥皂都跟着短缺。现在呢，一下子又都变了出来，也许伸手再抓两抓，还能抓出更多的财富。柿饼和枣朴质无华，却叫人甜到心里。岳之峰咬了一口上火车前买的柿饼，细细地咀嚼着儿时的甜香。辣味总是一下子就能尝到，甜味却埋得很深很深。要有耐心，要有善意，要有经验，要知觉灵敏。透过辛辣的烟草味和热烘烘的汗味，岳之峰闻到了乡亲们携带的绿豆香。绿豆苗是可爱的，灰兔子也是可爱的，但是灰色的野兔常常要毁坏绿豆苗。为了追赶野兔，他和小柱子一口气跑了三里地，跑得连眼前的树木和田垄都摇来摆去。在中秋的月夜，他亲眼见过一只银灰色的狐狸，走路悄无声息，像仙人，像梦。

车声小了，车声息了。人声大了，人声沸了。"哐——哧——"铁门打开了，女列车员——一个高个子、大骨架的姑娘正在爽利地用家乡方言指挥下车和上车的乘客。"没有地方了，没有地方了，到别的车厢去吧！"已经在车上获得了自己的位置的人发出了这种无效的也是自私的呼喊。上车的乘客正在拥上来，熙熙攘攘。到哪里都是熙熙攘攘。与我们的王府井相比，汉堡的街道简直可以说是看不见人，而且市区的人口还在减少。岳之峰从飞机场来到X城火车站的时候吓了一跳——黑压压的人头，压迫得白雪不白，冬青也不绿了。岳之峰上大学的时候在北平，有一次他去逛故宫博物院，刚刚下午四点就看不见人影了，阴森森的大殿使他的后脊背冒凉气。他小跑着离开了故宫，上了拥挤的有轨电车才放心了一点儿。如果跑慢了，说不定珍妃会从井里钻出来把他拉下去哩！

但是现在，故宫南门和北门前买入场券的人

排着长队，而且不是星期天。X城火车站前的人群令人眩晕，好像全中国有一半人要在春节前夕坐火车。到处都是团聚、相会、团圆饺子、团圆元宵，到处都是对于旧谊、对于别情、对于天伦之乐、对于故乡和童年的追寻。卖刚出屉的肉馅包子的，盖包子的白色棉褥子上尽是油污。卖烧饼、锅盔、油条、大饼的，卖整盒整盒的点心的，卖面包和饼干的。X车站和X城饮食服务公司倾全力到车站前露天售货。为了买两个烧饼也要挤出一身汗。岳之峰出了多少汗啊！他混饱了（环境和物质条件的急骤改变已使他分辨不出饥和饱了）肚子，又买到了去家乡的短途客车的票。找钱的时候使他一怔，写的是一块二，怎么只收了六毛呢？莫非是自己没有报清站名？他想再问一问，但是排在他后面的人已经占据了售票窗口前的有利位置，他挤不回去了。

他怏怏地看着手中的火车票。火车票上黑体铅字印的是1.20元，但是又用双虚线勾上了两个占满票面的大字：陆角。这使他百思不得其解，简直像是一种生物学上的密码。“这是怎么回事？为什么我买一块二的票她却给了我六毛钱的？”他自言自语。他问别人。没有人回答他。等待上车的人大多是一些忙碌得可以原谅的利己主义者。

各种信息在他的头脑里撞击。黑压压的人群。遮盖热气腾腾的肉包子的油污的棉被。候车室里张贴着的大字通告:关于春节期间增添新车次的情况和临时增添的新车次的时刻表。男女厕所门前排着等待小便的人的长队,大包袱和小包袱,大篮筐和小篮筐,大提兜和小提兜……他得出了这最后一段行程会是很艰难的结论,他有了思想准备。终于他从旅客们的闲谈中听到了"闷罐子车"这个词,他恍然了。人脑毕竟比电脑聪明得多。

上到列车上的时候,他有点儿垂头丧气。在20世纪80年代的第一个春节即将来临之时,正在梦寐以求地渴望实现四个现代化的人们,却还要坐瓦特和史蒂文森时代的闷罐子车!事实如此。事实就像宇宙,就像地球、华山和黄河、水和土、氢和氧、钛和铀,既不像想象那样温柔,也不像想象那么冷酷。不是吗?闷罐子车里坐满了人,而且还在一个两个、十个二十个地往人与人的空隙、分子与分子、原子与原子的空隙之中嵌进。奇迹般的不可思议,已经坐满了人的车厢里又增加了那么多人。没有人叫苦。

有人叫苦了："这个箱子不能压！"一个包着头巾抱着孩子的妇女试探着能不能坐到一只箱子上。"您到这边来，您到这边来。"岳之峰连忙站起身，把自己的靠边的位置让了出来。坐在靠边的地方，身子就能倚在车壁上，这就是最优越的"雅座"了。那女人有点儿不好意思，但终于抱着小孩子挪动了过来，她要费好大的力气才能不踩着别人。"谢谢您！"妇女用流利的北京话说。她抬起头，岳之峰好像看到一幅炭笔的素描。题目应该叫《微笑》。

"丁零丁零"的铃声响了，铁门又"咣"的一声关上了，是更深沉的黑夜，车外的暮色也正在浓重起来。大骨架的女列车员点起了一支白蜡，把蜡烛放到了一个方形的玻璃罩子里。为什么不点油灯呢？大概是怕煤油摇洒出来。偌大的车厢就靠这一支蜡烛照亮，些微的亮光照得乘客变成了一个又一个的影子。车身又摇晃了，对面车壁上的方形的光斑又在迅速移动了。离家乡又近一些了。

靠得很近的蜡灯把黑白分明的光辉和阴影印在女列车员的脸上，女列车员像是一尊全身的塑像。"旅客同志们，春节期间，客运拥挤……"她说得挺带劲儿，每吐出一个字就像拧紧了一个螺母。她有一种信心十足、指挥若定的气概，以小小的年纪，靠一支蜡烛的光亮，领导着一车的乌合之众。但是她的声音也淹没在“轰轰轰”“嗡嗡嗡”“隆隆隆”不是七嘴八舌，而是七十嘴八十舌的喧嚣里了。

自由市场、百货公司、香港电子石英表、豫剧片《卷席筒》、羊肉泡馍、醪糟蛋花、三接头皮鞋、三片瓦帽子、包产到组、收购大葱、中医治癌、差额选举、结婚筵席……在这些温暖的闲言碎语之中，岳之峰轮流把体重从左腿转移到右腿，再从右腿转移到左腿。幸好人有两条腿，要不然，无依无靠地站立在人和物的密集之中，可真不好受。立锥之地，岳之峰现在对这句成语才有了形象地理解。莫非古代也有这种拥挤的、没有座位和灯光的旅行车辆吗？但他给一个女同志让了“座位”。不，没有座，只有位。想不到她讲一口北京话，这使岳之峰兴致似乎高了一些。忽然有一个装着坚硬的铁器的麻袋正在挤压他右腿的小腿肚子，而另一个席地而坐的人的脊背干脆靠到了他的酸麻难忍的左腿上。

简直是神奇。不仅在慕尼黑的剧院里观看演

出的时候，甚至在北京，在研究所、部里和宾馆里，在二十三平方米的住房和103路、332路公共汽车上，他也想不到人们还要坐闷罐子车。这不是运货和运牲畜的车吗？倒霉！可又有什么倒霉的呢？咒骂是最容易不过的。咒骂闷罐子车比起制造新的美丽舒适的客运列车来，既省力又出风头。无所事事而又怨气冲天的人的口水，正在淹没着忍辱负重、埋头苦干的人的劳动。人们时而用高调，时而又用低调冲击着、替代着那些一件又一件，一天又一天，一年又一年的坚韧不拔的工作。

“给这种车坐，可真缺德！”

“你凑合着吧，过去，还没有铁路哩！”

“运兵都是用闷罐子车，要不，就暴露了。”

“要赶上拉肚子的就麻烦了，这种车上没有厕所。”

“并没有一个人拉到裤子里嘛！”

“有什么办法呢？每逢春节，有一亿多人要坐火车……”

黑暗中听到了这样一些交谈。岳之峰的心平静下来了。是的，这里曾经没有铁路，没有公路，连自行车走的路也没有。有钱人骑毛驴，穷人靠两只脚。农民挑着一千五百个鸡蛋，从早晨天不亮出发，越过无数的丘陵和河谷，黄昏时候才能赶到X城。我亲爱的美丽而又贫瘠的土地！你也该富饶起来了吧？过往的记忆已经像烟一样、雾一样淡薄了，但总不会被彻底忘却吧？历史，历史；现实，现实；理想，理想；“哞——哞——”“咣嘁咣嘁……”“哐啷哐啷……”沿着莱茵河的高速公路，山坡上的葡萄，暗绿色的河流飞速旋转。

这不就是法兰克福的孩子们吗？男孩子和女孩子，黄眼睛和蓝眼睛，追逐着的，奔跑着的，跳跃着的，欢呼着的。喂食小鸟的，捧举鲜花的，吹响铜号的，扬起旗帜的。那欢乐的生命的声音，那友爱的动人的呐喊。那红的、粉的和白的玫瑰，那紫罗兰和蓝蓝的毋忘我。

不，那不是法兰克福。那是西北高原的故乡。一株巨大的白丁香把花开在了屋顶的灰色的瓦楞上，如雪，如玉，如飞溅的浪花。摘下一条碧绿的柳叶，卷成一个小筒，仰望着蓝天白云，吹一声尖厉的哨子，惊得两个小小的黄鹂飞起，挎上小篮，跟着大姐姐，去采撷灰灰菜，去掷石块，去追逐野兔，去捡鹌鹑的斑斓的彩蛋。连每一只小狗，每一只小猫，每一头牛犊和驴驹都在嬉戏，连每一株小草都在跳舞。

不，那不是西北高原。那是新中国成立前的北平。华北局城工部(它的部长是刘仁同志)所属的学委组织了平津学生大联欢。篝火晚会。“太阳下山明朝依旧爬上来……我的青春小鸟一去不回来”“山上的荒地是什么人来开？地上的鲜花是什么人来栽？”一支又一支的歌曲激荡着年轻人的心。最后，大家发出了使国民党特务胆寒的强音：“团结就是力量……让一切不民主的制度死亡！”信念和幸福永远不能分离。

不，那不是逝去了的、遥远的北平。那是解放了的、飘扬着五星红旗的首都。那是他青年时代的初恋，是第一次吹动他心扉的和煦的风。春节刚过，忽然，他觉察到了，风已经不那么冰冷，不那么严厉了。二月的风就带来了和暖的希望，带来了早春的消息。他跑到北海，冰还没有化哩，还没有什么游人哩。他摘下帽子，他解开上衣领下的第一粒扣子。还是冬天吗？当然，还是冬天。然而是已经连接着春天的冬天，是冬与春的桥。有风为证，风已经不冷！风会愈来愈和煦，如醉，如酥……他欢迎着承受着别人仍然觉得凛冽但是他已经为之雀跃的“春”风，小声叫着他悄悄地爱着的女孩子的名字。

那,那……那究竟是什么呢?是金鱼和田螺吗?是荸荠和草莓吗?是孵蛋的芦花鸡吗?是山泉,榆钱,返了青的麦苗和成双的燕子吗?他定了定神。那是春天,是生命,是青年时代。在我们的生活里,在我们每个人的心房里,在猎户座和仙后座里,在每一颗原子核,每一个质子、中子、介子里,不都包含着春天的力量、春天的声音吗?

他定了定神,揉了揉眼睛。分明是法兰克福的儿童在歌唱,当然,是德语。在欢快的童声合唱旁边,有一个顽强的、低哑的女声伴随着。

他再定了定神,再揉了揉眼睛,分明是在从X城到N地的闷罐子车上。在昏暗和喧嚣当中,他听到了德语的童声合唱和低哑的、不熟练的、相当吃力的女声伴唱。

什么?一台录音机。在这个地方听起了录音机。一支歌以后又是一支歌,然后是一个成人的歌。三支歌放完了,是"啪啦啪啦"的揿动键钮的声音,然后三支歌重新开始。顽强的、低哑的、不熟练的女声也重新开始。这声音盖过了一切喧嚣。

火车悠长地鸣笛。对面车壁上的移动着的方形光斑减慢了速度,加大了亮度。在昏暗中变成了一个个的影子的乘客们逐渐显出了立体化的形状和轮廓。车身一个大晃，又一个大晃，大概是通过了岔道。又到站了。“咣——哧”，铁门打开了，站台的聚光灯的强光照进了车厢。岳之峰看清楚了，录音机就放在那个抱小孩子的妇女的膝头。开始下人和上人，录音机接受了女主人的指令，“啪”的一声，不唱了。

“这是……什么牌子的？”岳之峰问。

“三洋牌，这里人们开玩笑地叫它‘小山羊’。”妇女抬起头来，大大方方地回答。岳之峰仿佛看到了她经历过风霜却仍然年轻而清秀的脸。

“从北京买的吗？”岳之峰又问，不知为什么这么有兴趣。本来，他并不是一个饶舌的人。

“不，就从这里。”

这里？不知是指X城还是火车正在驶向的某一个更小的城镇。他盯着“三洋”商标。

“你在学外国歌吗？”岳之峰又问。

妇女不好意思地笑了。“不，我在学外语。”她的笑容既谦逊又高贵。

“德语吗？”

“哦，是的。我还没学好。”

“这都是些什么歌呀？”一个坐在岳之峰脚旁

的青年问。岳之峰的连续提问吸引了更多的人。

“《小鸟，你回来了》《五月的轮转舞》和《第一株烟草花》。”女同志说，“欣梅尔——天空，福格尔——鸟儿，布鲁米——花朵……”她低声自语。

他们的话没有再继续下去。车厢里充满了的照旧是“别挤！”“这个箱子不能坐！”“别踩着孩子！”“这边没有地方了！”之类的喊叫。

“大家注意啦！”一个穿着民警制服的人上了车，手里拿着半导体扬声喇叭，一边喘着气一边宣布道：“刚才，前一节车厢里上去了两个坏蛋，浑水摸鱼，流氓扒窃。有少数坏痞专门到闷罐子车上偷东西。那两个坏蛋我们已经抓住了。希望各位旅客提高警惕，密切配合，向刑事犯罪分子做坚决的斗争。大家听清楚了没有？”

“听清楚了！”车上的乘客像小学生一样齐声回答。

乘务警察满意地、匆匆地跳了下去，手提扩音喇叭，大概又到别的车厢做宣传去了。

岳之峰不由得也摸了摸自己携带的两个旅行包，摸了摸上衣的四个口袋和裤子的三个口袋。一切都健在无恙。

车开了。经过了短暂的混乱之后，人们又已

经各得其所，各就各位。各人说着各人的闲话，各人打着各人的瞌睡，各人嗑着各人的瓜子，各人抽着各人的烟。“小山羊”又响起来了，仍然是《小鸟，你回来了》《五月的轮转舞》和《第一株烟草花》。她仍然在学着德语，仍然低声地歌唱着欣梅尔——天空，福格尔——鸟儿，布鲁米——花朵。

她是谁？她年轻吗？抱着的是她的孩子吗？她在哪里工作？她是搞科学技术的吗？是夜大的新学员吗？是“老三届”的毕业生吗？她为什么学德语学得这样起劲儿？她在追赶那失去了的时间吗？她做到了一分钟也不耽搁了吗？她有机会见到德国朋友或者到德国去或者已经去过德国了吗？她是北京人还是本地人呢？她常常坐火车吗？有许多问题想问啊。

“您听音乐吧。”她说，好像是在对他说。是的，三支歌曲以后，她没有揿键钮。在《第一株烟草花》后面，是约翰·施特劳斯的《春之声圆舞曲》。闷罐子车正随着这春天的旋律而轻轻地摇摆着，熏熏地陶醉着，袅袅地前行着。

车到了岳之峰的家乡。小站，停车一分钟。响过了到站的铃，又立刻响起了发车的铃。岳之峰提着两个旅行包下了车，小站没有站台，闷罐子车又没有阶梯。每节车厢门口放着一个普通木梯，临时支上。岳之峰从这个简陋的木梯上终于下得地来，他长出了一口气。他向那位女同志道了再见，那位女同志也回答了他的再见。他有点儿依依不舍。他刚下车，还没等着验票出站，列车就开动了。他看到了闷罐子车的破烂寒碜的外表：有的地方已经掉了漆，灯光下显得白一块、花一块的。但是，下车以后他才注意到，火车头是蛮好的，是崭新的、清洁的、轻便的内燃机车。内燃机车绿而显蓝，瓦特时代毕竟没有内燃机车。内燃机车拖着一长列闷罐子车向前奔驶。天上升起了月亮。车站四周是薄薄的一层白雪。天与雪都泛着连成一片的青光。可以看到远处墓地上的黑黑的永远长不大的松树。有一点儿风。他走在了坑坑洼洼的故乡的土地上。他转过头，想再多看一眼那一节装有小鸟、五月、烟草花和约翰·施特劳斯的神妙的春之声的临时代用的闷罐子车。他好像还从来没有听过这么动人的歌。他觉得如今每个角落的生活都在出现转机，都是有趣的、有希望的和永远不应该忘怀的。春天的旋律，生活的密码，这是非常珍贵的。

发表于《人民文学》1980年第5期

# 木箱深处的紫绸花服

这是一件旧而弥新的细绸女罩服。说旧，因为它不但式样陈旧，而且已经在它的主人的箱底压了二十六年，而二十六岁，对于它的女主人来说固然是永不复返的辉煌的青春，对于一件衣服，却未免老旧。说新，因为它还没有被当真穿过，没有为它的主人承担过日光风尘，也没有为它的主人增添过容光色彩。总之，作为一件漂亮的女装，它应该得到的、应该出的风头和应该付出的都还没有得到，没有出过，没有付出，也没有效。而它，已经二十六岁了。

可喜的是它仍然保持着新鲜和姣好的姿容，和二十六年前刚刚出厂，来到人间、来到女主人的身边的时候一样。

“氧化”，它听它的主人说过这个词。它不懂，因为它被穿了一次便永远地压进了樟木箱底，它没有机会与主人一起进化学课堂。虽然,它知道,它的主人是化学老师。

“老不穿,它自己也就慢慢氧化了!”有一次,女主人自言自语地说,她说话的声音非常之轻,如果这件衣服的质料不是细腻的软绸而是粗硬的亚麻,那它肯定什么也听不到。

“氧化”是一个很讨厌的词,从女主人的声调里它听出来了。

但它至今还没有感觉到氧化的危险。它至今仍然是紫色的,既柔和,又耀目,既富丽大方,又平易可亲。它的表面是凤凰与竹叶的提花图案,和它纤瘦的腰身一样清雅。它的质料确实是奇特的,你把它卷起来,差不多可以握在女主人小小的手掌里;你把它穿上,却能显示出一种类似绒布的厚度和分量。就连它的对襟上的中式大纽襻也是精美绝伦的,那上面凝聚着一个美丽的苏州姑娘的手指的辛劳。

丽珊购买这件衣服是在一九五七年。新婚前夕,她和鲁明一起去服装店,鲁明一眼就看中了这件衣服,要给她买下来。她却看花了眼,挑挑拣拣,转转看看,走出了这个商店,走进了别的商店,走出了别的商店,又走进了这个商店,从商店的这一端走到那一端，从那一端又走到了这一端，用了一个半小时，最后还是买下了这件起初就被鲁明看中了的衣服。当然，鲁明并没有埋怨她，那是多么甜蜜的一个半小时啊！人的一生中，又能有几次这样的一个半小时呢？

新婚那天晚上，她穿了这件衣服，第二天天气就大热了，那是一个真正炎热的夏天。它便被脱了下来，小心翼翼地折叠好，放到妈妈给她这个独生女的唯一的嫁妆——一个旧樟木箱子的最底下了。

后来鲁明走了，一走就是好多年。

在这个夏天以后，在鲁明走了以后，在世界发生了一些它所不知道的变化以后，它便只有静静地躺在箱底的份儿了。

终于，丽珊成功了，她可以去边远的一个农村，到鲁明的身边。走之前，她把原来珍贵地放在她的樟木箱子里的许多衣服都丢掉了，像那件米黄色的连衣裙，像鲁明的一身瓦灰色西服，像一件洁白的桃花衬裙……它们都是紫绸花服的好同伴。与它们分手是一件令人神伤的事情，紫绸花服觉得寂寞和孤单。而那些出现在箱子里的新伙伴使它觉得陌生、粗鲁，比如那件羊皮背心，就带着一股子又膻又傲的怪味儿，还有那件防水帆布做的大裤脚裤子，竟那样无礼地直挺挺地进入了箱子，连向它屈屈身都不曾。

但是丽珊带着它，不管走到什么地方。虽然从那个时候起它已经永远与丽珊无缘了。不说那些无法被一件女上装理解的原因了，起码，那时已经是60年代了，丽珊已经有了一个满地跑的儿子，她已经再也穿不下这件腰身纤瘦的衣服了。

幸亏还有一条咖啡色的领带，也是在他们结婚前不久进入这个箱子的。它甚至连一次也还没有上过鲁明的脖子，新婚那一天鲁明结的是另一条玫瑰红色的、有斜条纹的领带。这样一条领带竟然和这个箱子、羊皮背心、帆布裤子、连指手套与厚棉帽子，当然也和紫绸花服一起去到了边远的农村，给纤瘦的紫绸花服以些许微末的安慰，显然，这是由于丽珊的疏忽。这条领带自然是属于应淘汰之列的。

一九六六年的夏天，一个更加炎热的夏天，鲁明和丽珊在夜深人静之后打开了樟木箱子。翻腾了一阵以后，首先发现了领带。鲁明惊呼了一声："怎么还带来了这玩意儿？"倒好像那不是一条领带，而是一条赤链蛇。"好了好了。"丽珊说，但是她的声音不像丽珊，而像另一个人，“我来处理它……正巧，我的腰带坏了。”说着，她拿起了领带，往裤腰上系。紫绸花服看到了领带的颤抖，不知道是由于快乐还是痛苦。

鲁明接着指着紫绸花服说：“那么它呢？它怎么办？它也是‘四旧’啊！”

“我并不旧啊！我只被穿过一次！我被保管得好好的！樟木箱子不会生蛀虫。我一点儿也不旧，更不是‘四旧’啊！”

紫绸花服想说，却发不出声音。精灵一样的苏州姑娘的手指啊，给了它美丽的形体和敏锐的神经，却没有赋予它声音，它甚至连叹息一声的本事都不具有。

“这个，我要留着它。”丽珊的声音非常坚决，但是比拿领带做腰带用时更像丽珊的声音一些，“我要把它藏起来，不让任何人把它夺去。”

“你恐怕已经穿不得了……”鲁明说。他变得安详了，一只手搭在丽珊的肩上。

“……我要留着它。也许……”

什么是“也许”呢？紫绸花服体会到，它未来的命运和这个“也许”有关系，但是它完全不懂得什么叫作“也许”。对于一件二两重的衣服，“也许”太朦胧也太沉重。

“老不穿，它自己也就慢慢氧化了。”这次是丽珊自语，连鲁明也没有听到。

不要氧化，而要“也许”！紫绸花服无声地祝愿着。

终于，许多日子过去了，鲁明和丽珊快快活活地开始了他们的二度青春，他们重新发奋在各自原来的岗位上。许多好衣服也见了天日，同时，许多新质料、新式样、新花色的好衣服迅速地出现了。鲁明常常出差，还出过一次国。他从上海、广州、青岛、巴黎和香港，给丽珊带来了合身的衣服。

换季的时候，这些衣服进入了樟木箱子，它们有一种兴高采烈、从来不知忧患为何物的喜庆劲儿。

新衣服进了箱子，见到紫绸花服，不由得怔住了。“您贵姓？”它们无声地问。

“我姓紫。”它无声地答。

“府上是？”

“苏州。”

“您的年纪？”

“二十六。”

“老奶奶，您真长寿！”上海衬衫、广州裙子、青岛外套、巴黎马甲与香港丝袜七嘴八舌地惊叹着。

它们没有再无声地说下去。因为它们看出来了，紫绸花服的神情里流露着忧伤。

丽珊好像懂得了它的心情，在把新衣服放好、关上箱盖以后，又打开了箱子，把紫绸花服翻了出来，托在掌上，看了又看。紫绸花服听到了丽珊的心声："不论有什么样的新衣服、好衣服，我最珍爱的仍然只有这一件。"

"以后……"她说出了声。

对于紫绸花服，"以后"比"也许"的含义要更浅显些，它听到了"以后"，它理解了"以后"，它充满了期待和热望，它得到了安慰。它在箱底，舒舒服服、温情脉脉地等待着。它信任它的主人，它知道丽珊的"以后"里包容着许多的应许。它不再嗟叹自己的命运，也丝毫不嫉妒新来的带着丽珊的体温和气味的伙伴。就拿那一双香港出产的长筒无跟丝袜来说吧，只被主人穿了一次，便破了一个洞。紫绸花服的口角上出现了一丝冷笑，不用人指点，紫绸花服已经懂得了在香港时鲜货面前保持矜持。

丽珊所说的"以后"是指她的孩子。他们没有女儿，只有那个儿子，他们的生活虽然坎坷，儿子却大致没有受过什么委屈。从小,儿子的生活里有足够的蛋白质、足够的爱、足够的玩具和课本。儿子早就发现了妈妈这件压箱底的衣服,他第一次提出下列问题的时候还不满八岁。

“妈妈,多好看的衣服呀,你怎么不穿呀?”

丽珊没有说什么,她只是静静地一笑,她绝不让孩子过早地接触那咬啮大人的愁苦。

“等你长大了,我把这件衣服送给你。”妈妈有时说。

“我……可这是女的穿的衣服呀!”儿子说话时的口气,好像为自己不是能穿这样衣服的女孩子而遗憾似的。

妈妈笑了,笑得有那么一点儿狡猾。

后来儿子有了自己的事,有了自己的书包,自己的朋友和自己的衣服。他不再提这件衣服的事,他把这件压箱底的衣服全然忘了。

以后儿子长大了。以后儿子念完大学,工作了。以后儿子有了女朋友。以后儿子要结婚了。

这就是丽珊所说的“以后”的部分含义。在儿子预定的婚期的前几天,樟木箱子被打开了,压在箱底的紫绸花服被小心翼翼地拿了出来。

“你看这件衣服好看吗?”丽珊问儿子。

“哪儿来的这么件怪衣服！”这是儿子心里的话，但他没有说出来。人们心里想的、没有说出的话是不能被他人听到的，只能被质料柔软的衣服听到。

儿子看出了妈妈的心意，所以他连忙笑着说：“挺好。”

“送给你的未婚妻吧！”丽珊说，“我年轻的时候只穿过它一次。”同时，丽珊在心里说：“那是我新婚的纪念，也是我少女时期的纪念，虽然它在我的身上只被穿了三个小时，然而它跟着我已经度过了二十六年。”

紫绸花服听懂了丽珊说出的和没有说出的话，它快活得晕眩。任何一件衣服能有这样的幸运吗？它将成为两代人的生活、青春、爱情的纪念。

儿子接过了紫绸花服，拿给了未婚妻。未婚妻提起衣服领子在自己身上比了比，正合适，用不着找裁缝改。未婚妻的身量比妈妈略高一点儿，但按现在的时尚，衣服宁瘦勿肥，宁短勿长，这件衣服简直天生是为儿子的未婚妻预备的。

紫绸花服想欢呼：“我真正的主人原来是你！我真正的青春，原来是在20世纪80年代！”它想起香港的破了洞的丝袜称它为“老奶奶”，笑得不禁抖了起来。

“不，我不要，新衣服还穿不完呢，谁穿这个老掉牙的？”未婚妻讲得很干脆，也很合逻辑。“当然，我谢谢妈妈的这番心意。”过了一会儿，她又补充说。

透不过气来的紫绸花服偷偷瞅了一眼，未婚妻的上衣和裤子上有令人眼花缭乱的无数个小拉链，服装的款式、气派和质料都是它从来没见过，也从来没想到过的，它目瞪口呆。

最后，紫绸花服回到了丽珊手里、鲁明身边。儿子的解释是委婉的：“这是你们的纪念，它应该跟着你们。”

“这样好，这样好。”鲁明爽朗地大笑着说，“你给出去，我还舍不得呢。”他对丽珊说。

同时，儿子和他的未婚妻十分感激地收下了二老双亲给他们的其他更贵重的礼物，其中包括一台电视机。未婚妻给妈妈织了一件毛线衣。80年代的毛线衣，有朴素而美丽的凹凸条纹，不仅可以穿在罩服里面，而且可以当作春秋两用衣穿在外面。

紫绸花服在这一晚上搭在了丽珊和鲁明的双

人床栏上。它听到了他们的心声，惊异地知道了自己原来包容着他们那么多温馨的、艰难的和执着的回忆。那是什么？当丽珊伏在床沿上与鲁明说话的时候，它感觉到一点儿潮湿、一点儿咸、一点儿苦与很多的温热。它明白了，这是一滴泪啊，一滴丽珊的眼泪。眼泪润泽了并且融化了紫绸花服的永久期待的灵魂。它充满了悔恨，它竟然一度想投身到一个年轻无知的女子——儿子的未婚妻的怀抱，与那些拉链众多的时装为伍。它再也不会犯这样的错误了，它再也不离开丽珊和鲁明了。这已经是足够的报偿了，它已经得到了任何衣服都不可能得到的东西。为什么这样热、这样热啊？眼泪正在加速氧化的过程，它恍然悟到，氧化并不全是可诅咒的事情。燃烧，不正是氧化现象吗？它懂得了它主人这一代人，他们的心里充满了燃烧的光明和温热。从它来到他们的家里以前就是这样，现在仍然是这样。

衣服是为了叫人穿的，得不到穿的衣服是不幸的。然而，最最珍贵的衣服又往往是压在箱子的深处的。平庸如香港的丝袜，也完全理解这一点。然而，如今的丽珊、鲁明与我们的这一件紫绸花服，却都有了新的意会。

所以，在这个故事里，丽珊、鲁明和紫绸花服，都不必有什么怨嗟，有什么遗憾，更用不着羡慕别样的命运。他（它）们已经通过了岁月的试炼，他（它）们尽了自己的心力，他（它）们怀着最纯洁的心愿期待着。如今，他（它）们期待的已经实现，落在紫绸花服上的唯一的一滴眼泪已经蒸发四散，他（它）们已经得到了平静、喜悦、真正的和解和愈来愈好的未来。他（它）们有他（它）们的温热和骄傲以及幸福。紫绸花服的价值已经超过了一般。而当这一些写下来以后，木箱深处的紫绸花服还会慢慢地氧化在心的深处。

那就让它氧化和消散吧。

发表于《花城》1983年第2期

# 色拉的爆炸

夜半响起了惊雷。一毫克氯丙嗪发挥完了自己的作用。他惊恐地听着春雷从天空直劈下来，再滚过他们的房顶，还不算完，一直滚进他的屋子，窗玻璃与脸盆架与他的心一起“咚咚”地响。他拿起枕边的国产新型夜光表，知道是惊蛰了。冬眠结束，这次的一“冬”等于一个半小时。

竹青咳嗽起来，他不安地悄悄撩起被子，坐起来，又侧着身弯下腰去注视妻子。“你干什么？”竹青睁开了眼睛。“我……看看你睡着了没有。”“怎么，你没睡着？还早着呢。”“我睡得很好，香……极了。”“快睡吧！”“快睡吧，一、二！”

他想问候竹青，结果倒是竹青问候了他，他吵了竹青。所以喊完了“一、二”他就好好地睡起来，而且发出一种轻微的鼾声，就像小时候骗母亲那样。

然后雨大了，然后雨小了，终日喧嚣的公路上也只剩下了温柔的淅淅沥沥。然后是曙光，春天天亮得早，第一辆车以后便是没完没了的马达声。闹钟响了，他装作刚刚醒来，并且抢先问："竹青，你睡得好吗？"

"嗯，好。"最近他每天都问她睡得怎么样，至少每天两次，早晨和午睡以后。麻雀叫了，雨大概停了，不知道麻雀会不会得癌症。说不定竹青也在失眠，却假装睡得很好。她不会知道吧？他看了一眼他们共用了三十多年的床。洗脸的时候他看了看竹青用的洗发膏、护肤霜、头油和大梳子。出门以后他回头看了看家门，又看了看竹青，又看了看街上端着豆浆锅和提着炸油条的行人。他们都很健康。

"你怎么了？"竹青问。

"春天，风大，眼睛疼。"他连忙解释，而且咧嘴笑了笑。

"春天真好。"竹青说。

"真好，真好极了。"他用力吸气，雨后的春气使人醉又使人醒，他一面呼吸一面看着竹青胸脯的起伏。

上车，连司机的态度都特别好。到了机场又

来了一辆车，是给他们送行的领导。“就会好的，就会好的。”大家都这样说，但何必这样隆重？竹青一边咳嗽一边致谢。他的眼睛又疼了几次。伏案工作的年头太久，已经到了闹白内障以至青光眼的年纪了。

上舷梯的时候他回转过头来依恋地看了一眼他们已经在这里生活了三十四年的K市的土地。机舱里浮动着一种幽雅而做作的芳香，女乘务员的服装愈改愈漂亮了，蓝绸领结像个大蝴蝶。她擦了一点儿口红，用中英两种语言不断地说着：“欢迎你们！欢迎你们乘坐这架飞机……”薄施脂粉的脸笑得适度。两排密麻麻的暗灯，照耀着一个由塑料和人造纤维制品包装起来的忧伤和陌生的世界。座位标志由1234变成ABCD，与他一年前出差时相比又变了许多。“对不起。”一个白发、臃肿、驼背的外国老妇人用不纯熟的中文向被她不小心碰撞了的人道歉，她真长寿而且有兴致，所以到中国来了。

“把安全带系上。”他向竹青指点，替竹青系安全带，手忙脚乱弄不好。发动机吼叫起来，憋着闷气，然后快乐地拉向天空，房屋和田地竖立起来倒挂在机尾的后面。

“你感觉怎么样?”

“很好。”

从夜里,他已是第五次这样问,她第五次这样答。

“你可以休息休息。”他教给竹青怎样扳倒座椅的靠背。“不。”还说不呢。“要不看这个画报?”“这是什么文?”“大概是英文。”“你可能以为世界上除了中文就是英文。”“不,还有日文。”“耳朵怎么样?”“不怎么样。有一点儿……”“要橘子水还是茶?橘子水是凉的,茶是热的。”“要不然要橘子水……要不然要茶。”……她第一次坐飞机,可惜不是向着生活而是背着生活。他第一次和她一起坐飞机,这样轻松,用不着在座位上构想总结报告里边第一个大问题里的第二点里的第三小点。也许是唯一的一次了。

他们从团团的白云上边降落到江南的C市,他是第六次,她是第一次。他设想过和她同游C市,但不是在这种状况下。“欢迎你们到C市来”,一条新的标语口号,可能是民航事业中的又一项借鉴和改革。“这是什么花?”“哦,杜鹃!”为什么前五次来没有发现C市有这么万紫千红、打眼睛撞脸的杜鹃?有许多旅客下飞机以后推起了能折叠也能打开的不锈钢架小推车。“党的十一届三中全会以来……”最近他起草的所有报告、总结、祝词、闭幕词、通知和指示里面都有这一句话。党的十一届三中全会以来，连旅行包都增加了许多花色，人造革和帆布，米黄色和暗红色，大小拉链和小轮。“地面温度大约二十二摄氏度”，机组女乘务员的播音还响在他的耳边，那声音是轻柔的。有人在招手，他的老战友来接他们了。这里的树叶已经碧绿了。机场门口布满了各色汽车。老战友、司机、宾馆服务员和餐厅工作人员都小心翼翼地注视着和服侍着竹青。爱怜、伤感，还有点儿紧张和恐惧，好像她是一个已经裂了纹暂时还没有成为碎片的高档细瓷器。

每天都去医院，医生和护士检查她就像检查一台发出了奇怪声响的收录机。他没有权力下令医院改名或把“肿瘤医院”的前两个字遮起来，同时他要不断地向竹青解释，她的病只不过是感冒呀什么的，真难。她点点头，真诚地接受他的解释，就像乖孩子听大人解释为什么不能喝冷水和玩火。

但她坚持要上街，“趁着我还没有住院的时候”。她没有说“趁着我还没有×的时候”，她微笑的脸上露出了一丝愁苦。他几乎痛哭失声，如果不是考虑到他最近又提了一级并且被任命为办公室副主任，他准会“哇哇”地哭。

他们慢慢地在街上走，个体户悬挂着的筒裤、印有英文字的紧身衫、针织尼龙裤和牛仔裤从他们的头上掠向后面。有一件新式的游泳衣，双色拼起来的但比单色的还节省材料，她注视了半天，轻轻叹了口气。后来他们走得更慢了，久久不能摆脱夜市馄饨摊炉火冒出的青烟。“咱们回去吧！”

“不，你看，我们虽然走得慢可我觉得好像走得很快似的，因为行人都走得快。”她说。他开始没懂，后来他停下步子体会了一下。是的，迎面来的和背后去的都匆匆而过，也就是他们匆匆经过了人群，他们匆匆经过了生活。

他坚持医院的确诊结果只能单独告诉他。他们在这个星期六的下午约好一个小时以后在色拉子西餐馆门口见面，按照她的建议。如果在过去他一定会拼死反对：“吃那个华而不实怪味儿的破西餐干什么？”

他一个人上医院的楼梯的时候持重而且平静。他经历过战争，他在战友的遗体面前摘过帽子，我们都有这一天。一个盖上了洁白单子的推车正在哭声中推向太平间，他也看到了炸弹似的不祥的氧气瓶。副院长、主治医生、助理医生和护士看见他像看见了一个凯旋的英雄，老战友已经先到达了这里，他们抢着握手向他祝贺。

不是癌！他飞跑着下楼，又转身回去再一次向医生、护士、他的老战友致谢。不是癌！别了，肿瘤医院，不管你多么有名气，最好永远不再见到你。走出门他就辞掉了汽车，请当地市委派的司机早一点儿回家休息。不是癌，她才五十六岁，虽然已经离休了，但她还年轻着呢……

他高高兴兴地在色拉子餐馆门口等了二十分钟。他观察着来来往往、进进出出的人们，大家的表情都很轻松，这在他的总结报告里是怎么写的呢？市场繁荣，心情舒畅？不对，安定团结，充满希望。

他本来计划等三十分钟，可竹青提前十分钟就到了，他得意扬扬地领着竹青进了餐馆，坐在一盏壁灯下面。“这座位的靠背真高。”“据说这个馆子已经有上百年的历史，那时候是租界的洋人开的。”“你来吃过吗？”“当然没有，我忙着给领导同志准备文稿，我看过这里的包括饮食服务业状况在内的一些地方资料。”

音乐响起来了，一对穿着浅色时装的青年男女拉着手走上了楼梯，高跟鞋踩在旧式的旋转木梯上发出了令人发思古之幽情的“吱吱”声。一位睡眼惺忪的烫着长发的女服务员递来了菜单。“我们要不要点一个牛排？”竹青用手指着人造革面的中英两种文字菜谱。“牛排？”什么是牛排？“这音乐真好听，是意大利的民歌。”“我没有去过意大利，我也不喜欢吃牛肉排骨。”“看，他们吃的是什么，红红的，多好看呀。”竹青指一指邻桌，“还有那个。”是另一桌，那个桌上坐着两个小伙子，而对满桌的菜肴和啤酒，他们只是一根又一根地吸着香烟。

“到底要不要牛排？”长发大眼睛，但是眼睛睁不大开的女服务员有点儿不耐烦了。可能看出我们是外地人了，而且没怎么吃过西餐，他想。“牛排？好的，就要牛排。也要猪排。也要鸡卷。也要虾。也要炸鱼……”“太多了。”她当然不懂得我为什么势如破竹。汤？当然。面包？当然。当然当然。街灯也亮了，隔着玻璃门可以看到电影院的霓虹灯。音乐换成了日本的——什么来着？对，《排球女将》插曲。

心不在焉和可能是昨夜失眠的端盘子的女将

端着三大盘色拉走过来了，走近了他们这一桌。“扣杀！”就在歌声里发出这一口令的时刻，服务员女将略一抖动，三盘子色拉都扣杀到了花砖地上，“砰！”“咣！”“啪！”好像是轰炸机投弹，三盘色拉遍地开花。不仅他们俩的椅子腿和桌布的角上沾满了黄色的色拉油、粉红色的火腿丁、绿色的黄瓜丁和豌豆以及白色的土豆丁，他的座椅上，他的裤子上、上衣上直到脸上，都有溅起的乳白色的点子。

“我的天！”是其他顾客在冲击波过去之后发表感想。女服务员回头就走了，然后拿来了簸箕和扫把，在收拾溅得到处都是的色拉和碟子的碎瓷片的时候，她竭力忍住笑。一位年老的白发的男服务员大概是看不下去了，拿来一叠彩色的餐巾纸，递给倒霉的他擦脸上和衣服上的弹片，而且用当地方言说了对不起。

这色拉的爆炸和这位女将的无礼都是这样的出乎意料。他俩瞠目结舌，互相看了一眼，互相看到了对方狼狈和滑稽的样子，他更看到了在K市多日没有见到过的竹青脸上的血色。她不是癌，所以要鸣礼炮，“砰！”“咣！”“啪！”好一个西餐，于是他笑了起来。她也笑了。

“你看没看过上一期《读者文摘》？”竹青问。

“什么?”他已经不屈不挠地拿起叉子,叉着那位女服务员再接再厉地端来的色拉。

“《读者文摘》的‘世界之最’上说了世界上最糟糕的一些东西。说是有一个国家发射一枚鱼雷,这枚鱼雷在海上转了一圈以后直奔发射它的军舰,把自己的军舰炸沉了。这算是世界上最糟糕的武器。”

他不明白为什么要出版这样一个刊物,为什么要登载这样的“之最”。音乐又换成了电子琴演奏,那声音像海潮涌上沙滩,然后像风。一辆漆黑的小汽车停在餐馆门口,下来三个外国人和一个中国人,他们上楼的时候留下了一阵香水气味。

“你是说——”他终于悟出了道理,“我们可以推选这位服务员当‘最糟糕的服务员’? 也不见得。孙二娘开的餐馆还把顾客剁成馅,包人肉包子哩!”

她笑了,“我倒想推选你当世界上最容易满足的顾客。”

他们的胃口很好,但是他们剩在桌上的仍然比吃到胃里的多许多。擦嘴的时候他发现她左眼眉上长了一个小包,他建议她抹一点儿他随身携带的药膏。竹青反驳说那药膏是他治脚气用的,他坚持那药膏对面部疖肿同样具有杀菌消炎和抗感染的作用。

走出门来,他抱怨吃西餐总是觉得没有吃饱。于是他们在街上寻猎。在一座灯光辉煌的理发店前,一位中年妇女在卖炸臭豆腐,油味、臭豆腐味、发蜡味和润肤膏味混合在一起。他们各吃了一块臭豆腐,边吃边走过百货店的橱窗。橱窗里摆放着与真人一样大小的各种姿势的时装模特儿,有一种蜡染的、图案像老式土布的丝织连衣裙,一串扣子从前面开口,还有一种灰兔皮的翻毛短大衣。"五光十色!"他赞叹道。一位穿着米黄色西服套裙的"模特儿"突然向他笑了笑而且胳臂运动起来了,他真是魂飞天外,然后弄清了,那并不是模特儿而是一个活人,进入橱窗里边去擦玻璃的。

"吃完臭豆腐嘴里不是味儿。"他摇了摇头。

于是他们在街口的一个歪戴帽子的小伙子那里买了两枚半个的槟榔。小伙子用一根小棍往一个小瓶里蘸了蘸,往槟榔上点了一些黄褐色的液汁,并且向他们挤了挤眼。

他舔了一下槟榔上那果汁般的黏稠物质,麻、辣、香、甜,强烈的刺激使他几乎跳起来,他呆了,整个嘴巴都麻木了。

“怎么样?”竹青问他。“可以拔了。”他指指自己的牙齿,“好像刚刚打过了麻药针。”都笑了。

后来麻劲儿过去了。后来两个人在店铺的灯光底下打开C市交通图,为他们的所在位置和下一步行动方向展开了争执,来来往往的行人推挤着和碰撞着他们。然后他们挤上了公共汽车,坐了三站,下来,看看周围的指路牌,终于弄清是坐错了车。他们回忆了一下上车的细节,却不能判定坐错车的责任的归属。后来她在一家书店买了两本讲明代历史的书。后来他们在商店看了花样翻新“跟外国货一样”的毛线衣、出口转内销的衬衫和确实是进口的毛毯。为了买不买一件标价九十二块的天蓝色鸭绒睡袋,他们俩又争执起来,僵持不下。过去他们不但没用过,也没见过这样的睡袋,倒是听到过,从相声里。

后来他们来到一家写着“高级音乐茶座”字样的小楼前,他们想进去看看。门票是每人五元,他毫不犹豫地掏出了十元钱。他们坐在舒适的座位上,喝着红茶听了美国民歌《什锦菜》、意大利名歌《桑塔·露琪亚》和中国歌曲《青春啊青春》。演员们都很精明地掌握着自己的服装、化妆、声音和姿态，轻松、时髦、通俗但不算出格。他听懂了《什锦菜》里的一句歌词是“浓汤加肉”，他想把这句词改为“清汤加虾仁”。他们的邻桌坐着一位浓妆艳抹的女孩子正依偎着她的男友，竹青认出了这女孩子是他们住的宾馆对门一家早点铺炸油条的厨师。“这不可能，这儿的票价这样贵。”他不同意，但又不愿意过分专注地去打量一个正依偎在男友身旁的女孩子的面孔，便推理说。“但她们可能已经实行了承包责任制。”竹青反驳说。竹青看问题的先进性、现实性与合理性使他折服，不愧是当过报社副总编辑的人，而且他联想到那位爆破了色拉还嘻嘻笑的女将，他认定，那家餐馆肯定还没有实行责任承包。

为了不至于太疲劳，他们再听了一个方言小调便离开了茶座。十块钱并不算白花，这样的音乐茶座在K市连听都没听到过。回到宾馆，坐好以后，他问道：“你说我今天晚上为什么这样高兴？”

竹青“扑哧”一笑，哼一声，说：“我不是癌。”

“你怎么知道？”他大为惊异，而且竹青一晚上没怎么咳嗽，真好。

“两个月了，你没跟我抬过杠，今儿晚上犟劲儿又上来了，还埋怨人。”竹青讲述了自己的推理。真妙。他摇摇头。

“不必住院了，但还是要带一些针药走，有炎症，医生说的。明天我陪你去医院。K市医院太草木皆兵了，真把我吓坏了。你累吗？”

“还好。”

睡了一觉以后，他醒了，想着想着，就笑了起来。

“你笑什么？”竹青问。

“我很高兴。还因为我们已经好久没有这样逛大街、串商店、挤公交车、一边走一边吃小吃了。我喜欢这种和年轻人、老百姓挤来撞去的生活，包括那盘色拉的爆炸。我起草了一辈子文稿，挤来撞去的闹哄哄的生活过得太少了。”

“很精彩。你好久没有说过这样精彩的话了。”

“我在想，如果毛主席他老人家当年也有时间遛遛大街，逛逛商店，那该有多好啊！”

“你起草一个‘文儿’好不好？要求七十岁以下十三级以上的干部星期六晚上多到街上走走，身强力壮的不妨偶尔挤挤公共汽车。”

“那……你也没睡着吗？你在想什么呢？”他

反问。

“我想……”她停了停，“买那件新式的游泳衣。等我彻底好了，我要学游泳。从前我忙着编报纸，现在离休了，有时间了。”

黑暗中他们互相报以会心的微笑。 声猫叫，一声汽笛吼，一阵小风吹动了树叶，连放在床头柜上的国产手表秒针的嗒嗒声，都听得清清楚楚。表是党的十一届三中全会结束以后的新型号，那钟摆的声音好像小钢锤敲着小铜磬。

发表于《上海文学》1983年第6期

# 选择的历程

说的是那一年我有点儿牙疼，只有那么一点点牙疼。那一年我相信医学是科学。科学是通向幸福与自由的航道。知识就是力量。上初中的时候三次跳鞍马我都没有完成体育教师指定的动作，但老师还是给了照顾友谊的及格分数。当然，这与缺少知识与健康及有少量的龋齿互为因果。

接下来说由于言行一致我头一天深夜便去排队。我打着伞并且穿着雨靴和雨衣。但我已记不清那天夜间是星空灿烂、细雨蒙蒙还是大雨倾盆。强刺激会消除弱刺激的信号，底下您就会明白。那座口腔医院以做活地道而有名，报纸上登过其先进事迹。登完先进事迹后，挂号的队伍就愈加漫长。一位我所敬佩的登山运动员本来建议我去拿他的登山帐篷，他建议我住在挂号处小窗口下面，为了挂号他送给我一包强化（加了维生素与金铝铜铁锌)压缩饼干。

可敬的、体重不够四十五公斤的女牙医什么都没有问就往上颚软组织里打了普鲁卡因。我还没有来得及看清她是双眼皮还是单眼皮她就被叫走了。然后一位实习生接下来把寒光闪闪的钳子送到我的嘴里,按照病人的观点,实习生参与门诊是一切不幸的根源。所以我认定那位讲求效率和节奏的超前型运动员是该死的实习医生。他问了一句:“有感觉了吧?”

我点点头。没有疼的感觉还叫什么牙疼?人们,包括我当然都是因为牙疼而不惜住帐篷去挂牙科的号,还没有人崇高圣明到因为牙不疼而去挂号的程度。接下来说的是凡活人便有感觉便一定不承认自己麻木不仁无感觉。而且,当可敬的医生向你威严地发问的时候你必须点头。人生的金科玉律恰恰是点头比摇头要好。为了表达得更准确一些接下来可以这样表达,可杀可不杀的一律不杀,可点头可不点头的一定要点头。

于是他拔我的牙,他拔我的下巴他拔我的脖子他拔我的头他把我整个的口腔都拔裂了。要不科学名称怎么叫口腔外科!不叫牙科而叫口腔外科,你马上变得多么深奥文明广博!口腔外科的钳子把我的灵魂从口腔内部拔到了外部，我满头冷汗两眼发黑，我昏倒了。

“你怎么这么娇气？”

我喘着气，考虑着三天之内送一份书面检讨来。娇气当然是严重的不纯。无产阶级都是刮骨疗毒的关羽字云长的后代。只是在离开医院到了公共汽车上之后，我才感觉到被拔的牙的位置附近突然变成了木头。伟大的科学的麻药啊，制造你的商人工人并没有偷工减料。在剧痛的延展之后我得到了麻木的升华，我的腮帮子！

这样你们就不难理解我堂堂二十世纪面向现代化之教授为何视拔牙为畏途，视口腔医院为炼狱。牙，十余年来我把保护牙齿看得如此之重。保护人格，保护妻子，保护牙，这三个保护具有同样的悲壮连心性质！为此我每天刷五次牙，早晚各一次，三顿饭后各一次。我选择了无数种牙膏，每个月我用在买牙膏上的支出比用在吸烟饮酒上的还多。我成了牙刷的收藏家，长柄、短柄、长毛、短毛、竖毛、柔毛、一撮小毛……我不吃生冷、甜酸、热烫、坚硬、黏稠，我不但不嗑瓜子而且不吃油炸花生豆！

然而不幸的是，我牙疼了，天亡我也！

这样你们就不难理解为什么我牙疼之后惶惶不可终日。去医院？我实在没有这个勇气。这里出现了选择上的逻辑悖论。为什么去医院？因为疼。去医院怎么样？会一百倍、一千倍地疼。当然，疼完了以后会好一些。医学的力量在于把你分散在十五年里的人生痛苦高度浓缩集中于二十五秒钟。哪样更好？好生费思量，关键在于你运用怎样的价值参照系统。在如今这美丑杂陈、新老并举、思想活跃、观念更迭、东西冲撞、南北对话、流派林立、旌旗蔽天的年月，在这各种各样的见解比全世界的人牙齿的总和不知道丰富多少倍的时代，我感到了真诚的选择的困惑。

历史只提出那些能够解决的问题。就在我为牙齿的疼痛与对策的思考而苦不堪言的时候，一位痛牙学会会长迁到了我的楼上。在楼道上我们握手，他像天使一样扇动着自由的翅膀并给我一张名片：

中华国际痛牙学会中心会长史学牙

住址原地踏步

电话0000000

天不灭咱，奈痛牙何？我提着两包参茸壮肾丸去拜望史会长。史会长大悦拒礼，勉强收下。讲道：痛牙五种，种分五目。五五二五，金木水火。风虫冷热，钙镁磷钾。内外矫形，口腔多医。医分三教，教共九流。泰西牙医，欧美两翼。同行冤家，拔补磨洗。充水门汀，充玻璃珠，充银汞剂。失活干尸，开髓加冠，铜丝约束，青春美丽。中医古老，循本治标，各种牙疼，盖由火起。肝火胃火，心火肾火，肺火脾火，因火而气。水能克火，邪火难制。清火有道，灭火求医。东西南北，四大名医。民间验方，自异其趣。气功医牙，功能特异，拔而后生，生生不已，新牙如饮，冷暖自知……

史会长滔滔不绝，古今中外牙疼诸例、诸论、诸派，他无不知晓，从拿破仑的上右五齿讲到希特勒的情妇爱娃的假牙拍卖行情，从东汉女尸的门齿讲到佛牙的导电性能与种种灵验，然后讲对待牙疾的保守疗派与激进疗派两大派数千年论战公案，就在他讲到最精彩之处我突然大喝一声：“痛杀我也！”昏了过去。

史会长歉歉然，谦谦然。他声明他是痛牙学会会长而不是牙科门诊部值班医生。他解释学会是一个学术团体，而县以下的牙医都是由手工业管理科管理和由农贸市场管理处发执照。他善意友爱地批评说我的牙疼得太具体，是一个形而下等而下的问题，他可以借给我一批《牙疼大全》《痛牙指南》《护牙刍议》之类的书参阅。师傅领进门，治牙在个人。古语有云，不会错的。

我不好意思如此贪婪便克己复礼，拿走两本。读之愕然如堕五里雾中。痛感牙也有涯知也无涯，拔时有牙拔后无牙，思之既无牙又无涯，无比悲观地摩登起来。

我的大舅子近日才从国外进修研究归来。他痛斥我的愚昧无知与史会长的清谈误牙。他指出挟痛牙而远医院犹如阿Q之讳癞疾医。如果阿Q对秃头采取科学态度及早服用灰黄霉素维生素激素并搽用防脱生发系列护发素，说不定早已秀发垂腰。他指出牙疼不治则自龋齿而发展为牙周病牙髓炎，由牙髓炎而发展为骨髓炎骨结核脊髓癌，轻则截四肢重则丧命。他举例说公元一六三五年因牙疾而丧命的仅欧洲就达五千四百八十八人。他一针见血地指出"痛牙学"是伪科学，在发达国家根本不承认有这么一种科学。他建议组织口腔医生审核有关建立痛牙学科体系的可行性论证。我对他一切以发达国家的驴头是看的劲头表示了含蓄的批评,但深深感谢他的警告。忠言逆耳,他指出了我久拖不治牙的严重后果,我高度接受绝不因一牙而断肢亡头颅。

我下定决心再去拔牙,我想象不出这所口腔医院除了拔还有别的什么办法。我的系主任告诉我拔牙最愉快最科学最干净最解决问题,而钻牙磨牙补牙比拔牙的痛苦漫长无边得多。我的同事关切地告诉我拔牙一定要找男医生而不要找女医生,因为拔牙是个力气活。牙医的口粮定量是应该与码头搬运工拉平的。我没好意思说上次把我拔死过去的正是一位男性。同事们亲友们向我提出了关于治牙的种种经验、教训、忠告、窍门、守则。“君子赠人以言,小人赠人以财”“物以类聚,人以群分”,我和我的群落显然属于君子。君子之牙,痛矣哉,何况挂不上号!

连“挨”三天“个儿”,挂不上号!说是号都从后门走了,群情昂然,牙疼不已。先是想闹一闹,又觉有失身份体统,牙未拔而事已闹丑已出,怎么能这样?回家与妻一说,妻道:“咱们也有后门!”后门后门,走者宁有种乎!

我便提了两瓶酒去找我妻子的远亲,在卫生部门工作的刘处长。刘处长说,第一,他分管中医院而不认识西医，特别是不认识口腔医院的任何人。第二，他反对去看西医，西医把人体肢解进行分析研究，反映的是工业革命初期的观念，牙疼医牙，脚疼医脚，治标而不治本，用刀、钳、针、凿、夹给人治病，把人当成组装的机械零件。西医治牙，补了再拔，拔了再拔，直到把一口牙拔光为止，如此而已，岂有他哉？中医则不然，把人体看成一个整体，一个系统，一个耗散结构，一个熵效应基盘。五行相生相克，五脏相运相辅，区区一牙，其本在心在肺在肾，模糊数学，现代逻辑，整体直觉，经验感应，代表的是后工业时代第五次浪潮掀翻起来以后的水平。他说，一些欧美的名医对中国留学生说过：真正的未来医学出于中华，盛于中华，尔等为何舍近求远到西洋来学医呢？是欧美诸士子到中华神州去求教才是！其实类似的意思毕加索当年就对张大千说过，世界上只有中国有艺术。同样，世界上只有中国才有真正的牙医。简而言之，刘处长建议并自告奋勇协助我去中医医院治牙。

我大喜若无痛牙。只恨自己两眼向外向洋，活该受上次野蛮拔牙之苦，接下刘处长亲笔写的人情信，千恩万谢。那一年拔牙的时候，我相信的是西洋科学医学，信奉科学救牙的小儿科观念。而后光阴荏苒，岁月穿梭，无数的风风雨雨，始知有科学而无哲学，有科学哲学而无关系学，是一颗牙齿也救不得的。

刘处长的亲笔信写道：

赵主任：

近日可好？我因穷忙，疏于问候，乞谅。所嘱诸事，正在办理，我有安排，勿念。所传种种，事出有因，固可贺也。

我的老友王教授牙疾，有劳了。又及。

牙要这样，才能得救！

中医医院，人来人往，如上海之城隍庙。连男女厕所前也都排着长队，上完厕所出来的人边走边整理裤带，显然里面人多得使人来不及系好裤子便走了出来。我暗暗称奇，回想新中国成立前中医是何等的萧条冷落，而今竟能如此红火，令我欣慰。再看看这么多病号跑来跑去，唯独我有刘处长的亲笔信，胸有成竹，便有天下攘攘，唯我独尊之慨。我见到一位护士，便问："赵主任，赵主任在哪里?”

护士没有任何反应地走掉了,莫非患耳疾?又问几位护士医生模样的穿白大褂的人,都听不见,都不理。

“我有刘处长的信!”我喝道。

仍旧全然无效。

我以为是认错了地方,走出门外看了看招牌,不错。再次进院,锐气已丧。糊里糊涂与众病号一样,涌到这边,又涌到那边。“我找赵主任,我有刘处长的亲笔信!”我仍然努力叫嚷,更像是哀鸣,没有了信心和威风。

“挂号去!”医院工作人员不予理睬,众病人却向我怒斥。我转头寻找,却不见任何人注意我。正以为并无人意欲干涉的时候,又听到齐声怒斥:“挂——号——去!”

我便糊里糊涂地去挂了号,并隔着挂号室的小窗户,向高高坐在挂号室内的护士叫了一声:“我找赵主任!”

挂号室的窗户极小,位置又低。我弯下腰,低下头,却又要提起黑眼珠隔着窗户试图一睹挂号工作人员的风采。模模糊糊看到一个骄傲的视病人如草芥的伟人,我喊:“我找赵主任!”并拿出了手里已经捏得发软的信。

“七号。”挂号室的不动声色的人含糊地说。

也许他说的是一号吧？也许是十一号？十七号？都可能，我的脖子已因曲折向下复向上的姿势而变酸了。

我无法再询问。排队的人把我扒拉到一边。为了赶往诊室，我拥挤着。我不断地被看病的人扒拉开。我火了，我也开始扒拉别人。涌过来又涌过去。我进了一号诊室，里面是一位女医生。该不是赵主任吧？我便扒拉开门口伸脖子的人离开一号诊室，进入七号，我看到了一位年轻的医生，也不会是赵主任。我又扒拉着与被扒拉着，像水珠一样地被人浪涌进了十一号诊室，医生皓发银须。“赵主任！”我欢呼，旋即被扒拉开了。进了八号诊室，那里的医生正与病人吵架。病人指着医生的鼻子说：“没见过你这样的医生！”医生指着病人的鼻子说：“没见过你这样的病人！”双方都很激动。我相信这也不是赵主任，因为赵主任不会和病人吵架，病人也不会和赵主任吵架。我并且从中得到灵感。“没见过”原来是极严厉的贬义词。没见过的东西一定是坏的。可是我也没见过赵主任呀，为什么一定要找赵主任呢？

我便进入了九号诊室，见到一位留长发的小伙子，他那里病人很少，显然不受病人信任。我坐在他面前，嗫嗫嚅嚅，说："我本来想找赵主任……"

"我是赵主任。"他坚定地说。

我没有理由不相信，却又觉得不对劲儿。但牙疼使我顾不上继续考证赵主任是谁，便诉病史。

小伙子态度和蔼地叫我张开大嘴，用一根钢钎敲打我的牙齿，当敲打到痛牙的时候，我大叫起来。

赵主任同情地点了点头，开处方，字写得龙飞凤舞。开了半天，拿给我，我认不出来。我边辨认字体边向药房走去，忽然，我发现了处方是：去痛片 2×3×7。

就是说，去痛片一天吃三次，每次吃两片，给药量够我吃一周的！再看签名，更认不出来，像周，又像刘，又像仇，又像许，反正有一点绝对肯定，就是说，不是赵！

骗人！

我闹了起来，十分委屈。后来四个自称是赵主任的人——包括男女老少，向我解释。他们说，中医当然很好，特别是治疗慢性病、虚弱的病方面。但是对于牙科，中医并没有什么特效的办法，这很不幸，然而这是事实。当然，这也是一家之言，内部参考，不得外传。从总体看，中医当然伟大，西医也认为中医伟大，去痛片对减轻痛感很有作用。你最好是吃一点去痛片然后去口腔医院找西医。你笃信中医，诚然令人感动。从理论上，自然不是说中医对牙疼毫无办法。邪火攻牙，是乃牙疼。你可以服用麝香、牛黄、羚翘、冰片、薄荷等苦寒药。但第一，此几种药服下去要一周以后生效，以你牙疼的迫切情况，能等得了一周吗？第二，此几种药都有下泻性质，吃少了无用，吃多了泻肚不止，伤了元气，牙就更不好办了。第三，几种药中最重要的是麝香，不过，卫健委一九××年××号文件已明令麝香要自己掏腰包，公费医疗不予报销，偏偏此药又那么贵，话又说回来，不贵也就不必发个专门的文件哩。

“我费了九牛二虎之力，还托了刘处长，难道只为了2×3×7片去痛片吗！”我叫道。

“好好好，我们给你进行针灸治疗……”

给我扎了合谷穴又扎了耳朵，我无可奈何地取了去痛片回家。

扎针与吃药片还是管用的，症状果然减轻了

些，我便也释然了些。管他中医西医，能治病就是好医。管他贵药贱药，对症便是好药。在牙疼问题上，何必搞许多门户之见呢。

五天之后，药片尚未吃完，牙又疼痛起来，扯得半边脸都木了。我坐卧不宁，饮食不进，彻夜不眠，不能工作，躺在床上呻吟，可能我呻吟的声音太响，夜静更深之时，一座楼里都震响着我的哀鸣。我真抱歉，这样，就惊动了我的楼上邻居，国际痛牙学会史学牙会长。

史会长西装革履，打着领带，别着领带针，左上兜里放着一块花色质料与领带相同的手帕，手帕露出一只角，散发出巴黎男用香水的气息。几天不见，当了会长的史学牙公便抖起来了，着实令人唏嘘。他见了我的狼狈万状的丑态，叹道："噫！区区小牙，为何疼痛至此乃尔！敝会本来是学术机构，已经与荷兰皇家医学会建立横向联系，对于你的具体的牙，本可以不管也管不了的。无奈你的呻吟影响了我的休息，形而下的啰唆妨碍了形而上的思辨。基于人道的考虑，我只好自我异化一番，给你看看。听了：中医玄虚，西医琐细。传统幽邈，横移粗鄙。药片去痛，医之堕落。合谷扎针，隔靴搔痒。西医治牙，钢铁器具。嗡嗡旋转，车冲磨铣。钳工拔去，视牙如机。而今而后，向民学习。自有扁鹊，自有神医。人民力大，山河能移，日月改换，乾坤转捩，何况一牙之痛哉！”史学牙会长找来几位老太太，用铜顶针（言明必须是铜的，铝制镍制都不行）蘸醋给我刮痧。我赤出上体，她们一次又一次从颈椎部刮往尾尻，刮出三条血印，满身醋味，比涨了三次钱的鱼乐饭庄的糖醋鱼还要鲜。史会长又找来一位膀大腰圆、力能扛鼎的气功师向我发功。气功师左足微点地，右腿弯曲，左掌在前，右掌在后，对着我疼木了的腮帮子运气贯气。我知道这种气功可以劈砖碎石，连钢刀也会在他的掌心的运气下变弯，生恐他再一发功会把我的全部口腔乃至头腔颈腔砸个粉碎，吓得簌簌地发起抖来。想不到，这么一抖，牙疼倒轻了些。史会长指着躺在床上发抖的我对我的爱妻说：“瞧这气功多厉害！看，正气把邪气震慑得不住发抖！”说时迟那时快忽见气功师豹眼圆睁，用丹田之气大喝一声：

“开！”

我牙不疼了。出了一身汗，吃了鸡蛋羹，睡着了。

此后果然牙渐渐好了。我非常感动，见人便

说民间医术之高超灵验，比横移而来的西医好，也比纵向继承的中医好，晚报派记者来采访我，采访完又到楼上史学牙家大吃大喝了一通。晚报上登出了《民间自有回春术》的专题报道。这条消息居然被《八小时以外》与《读者文摘》转载，我因牙疼而增加了知名度。一位生活在洛杉矶的老华侨来信说他因牙疾而痛苦不堪，读了这条消息才知希望在神州，他准备不久便启程返回祖国，希望我帮他与民间神医会面。我的治牙经验有助于爱国华人、海外赤子的回归，使我十分高兴。统战部也派人来了解情况。不久，史学牙会长迁走了，据说是由于他在学会的贡献，地位与住房标准都提高了，好极好极。两个月后忽然传出史学牙被捕，国际痛牙学会已被解散，史学牙是骗子，许多人上当受骗为他抬轿的消息。听闻这样的消息后我便不由得惴惴起来，不断反思自己与史学牙的关系的来龙去脉。为治牙而攀附会长乎？为会长而假报战果乎？送参茸壮肾丸而图谋私利乎？形同行贿乎？为会长之声威而自动被动抬轿乎？史学牙被捕，证明他是骗子，而吾与骗子为伍，则吾是何人乎？除治牙外，有无客观上的别样动机乎？见晚报报道而悦之，个中有杂念乎？越想牙越疼，越想牙越疼,疼煞我也!

这次不但牙疼,而且全身性症状明显。发烧至三十八度,头晕目眩,恶心欲呕,连脚后跟都哆嗦。所有的同事都来看我,都劝我克服侥幸心理,毋怕拔牙,毋找捷径,径直去找口腔医院。系主任对我说,世上的一切事都要老老实实地做的,既然牙疼,就要老老实实地疼,老老实实地去看病,老老实实地去拔牙,你这次一再延误,吃亏就吃在“怕疼”二字上。有怕必无老实,无老实必无成功。不感受一点儿压力,能把牙治好吗?事虽小而理大,岂容混淆是与非?

我叹服得五体投地,便说老实的态度便是科学的态度,无科学便无口腔的健康,至哉斯言!否定之否定,怎么否定也离不开科学!只是我欲科学而不能,挂不上号!上百万人口的城市,只此一家正规口腔医院,头天晚上便要去医院门前排队,而我们老夫老妻,病夫弱妻,哪有当年排队挂号之豪兴?无豪兴便无壮举,无壮举便无号,便欲科学治牙亦不可能!

本来我对口腔医院的挂号情况不甚了解亦无多少意见,无奈诸同仁责备我不科学,我便不由自主地埋怨起科学的所在地来。越说越悲愤,还真来了劲儿。一旦埋怨起别人，自己也就添了些脸面。

系主任说，我市新任命了一位朱市长，礼贤下士，爱护知识分子，已经帮助许多教授学人解决了具体困难。他劝我给市长写一封信，有市长关怀，精神变物质，治牙如探囊取物，手到擒来。

我犹犹豫豫，同事们却很积极。说是我病中不方便写，便替我写，下笔千言，倚马可待。一会儿信便写好，信中叙述了牙疼之苦，以情感人，以理服人，给我念了一遍，我提不出不同意见。同事立即誊清，要我签名。我正思忖写这样的信好不好，妻拿来了图章印泥。我的图章赫然盖在信纸上。同事们说将替我把信发到黄帽子邮筒中，四分钱邮票由他们贴。同志情谊，令人鼻酸。

信发了，我忐忑，老觉得自己做了一件不光荣不自觉的事，竟为自己的一颗病牙去打搅市长，全市一百万人，每人三十六颗牙共三千六百万颗，如果一起去找市长，还让市长怎样工作下去！好惭愧啊！

信发后第二天，接到了史学牙的信，告诉我他已平安无事，前此种种，纯系误会云云。并告诉我牙有事，可以找他，他即将担任另一个瘌瘌头治疗学会的理事长，并从海外获得了一万五千西德马克的赞助，并问我的头发头皮有无异常，他愿随时提供方便。吓得我一天数次摸头摸发。

果然，次日在本市电视新闻中看到了癞痢头治疗学会成立的场面，不少要人出席。史学牙满面春风，满场飞，极活跃。人们告诉我，这确实是一个开拓型的人物。

又一日，收到了口腔医院的公函，大意是：你给朱市长的信已转来。鉴于你是年过半百的有贡献的知识分子，经市长办公室批示，我们已指定主治医生资无痛为你治牙，你可于二十八日上午八时前来我院高级部五十四诊室就诊。来前毋庸挂号，治完补号即可，并欢迎继续对我们的工作提出批评建议。期待着你的合作，来我院治疗确实是牙病患者的最佳选择！我很兴奋。市长这样好，爱民如子！医院这样好，虚怀若谷！效率这样高，立竿见影，比东京牙医还要好！医生这样好，主治有资，正好无痛，天助我也！看来我一辈子积德行善，戒杀戒淫，终有后福了。

我却更加害怕起来。果真要去口腔医院看牙了，能不拔吗？区区一牙病拖延至此，照照镜子连形状也没有了，还有保全的希望吗？还能有不拔或拔而不疼的苟且偷安之心吗？不论是口腔医院还是天堂医院，不论是资无痛医生还是甄窖通医生，谁拔牙能不打麻药针？能不上钳子钎子，能不出血？能不挖个大黑窟窿？我费了九牛二虎之力，不就是因为怕拔牙吗？我又费了九虎二牛之力，不是终于为自己争得了这痛苦的一拔了吗？铁案如山，牙无再拖，最佳选择的结果只能是生米熟饭，别无选择了！牙齿何一荒唐而至此！

我一小时一小时地计算着时间。到了二十七日夜晚，我一分钟一分钟地看着表，彻夜无眠。反思人的一生牙齿消长的苦难历程。生也无牙，八月门牙，两周岁满口乳牙，而后堂堂诸牙，病痛亦与牙俱来。留之难，去之难，生之难，灭之更难！甚至火葬后进入骨灰罐时还有完整的与被侮辱与被损害的牙齿不得安息。为什么狗牙都长得那么好那么尖利呢？唉，终于到了二十八日清晨，妻子给我煮了荷包鸡蛋。我们俩相对凄然。妻说："不要怕疼！你要坚强些，再坚强些！"

两声"坚强"，我几乎哭出声来，以诀别的庄严对妻说："我去了，你保重！"

壮哉我也！我终于跨过了心理障碍关，怕拔怕疼关，雄赳赳气昂昂地进入口腔医院。以决绝的姿态克服了守门人的盘问，进入了高级部五十四诊室，俨然一个新我出现在护士小姐面前。“您来看牙吗？”护士小姐微笑着问，露出一口白光灿灿的小牙。我便也微笑粲然，捂着疼肿了的腮帮子。

说明来意，拿出公函。护士小姐摊开手说：“真不巧，资无痛医生昨夜犯了脑出血，已送到内科病房抢救，别的医生不了解这回事情，您知道，我们的诊治都是有计划的。您先回家吧，把信留下，我给您问问，安排好了再通知您……”

真扫兴！世上竟有这样的事，真欺负人！

可是……

走出口腔医院，挤上公共汽车，车走了三站以后，我忽然悟到，今天不必拔牙了，不需要火烧火燎地疼那么一家伙了，责任不在我！我尽了一切努力，命中不该今天拔牙，我有啥办法？牙而不拔，是天意也。

我极庆幸振奋，不拔的牙也不疼了。病牙虽然未拔，却比拔了还要畅快豁达！真奇事也！从老庄的观点看，拔即不拔，不拔即拔。从佛的观点看，牙即是悲，大悲即苦，苦海无边，回头是岸。从弗洛伊德氏的观点看，拔牙即发泄。从凯恩斯氏观点看，拔牙是一个增值过程。从萨氏观点看，疼是牙的本质的外化。从系统论的观点看，拔牙是一个系统工程。从布氏观点看，牙医是通向天堂的最大障碍物。从尼氏观点看，牙痛是卑微和不幸的证明，是你并不为我而疼痛的痛苦，是伟大的不被理解的孤独的证明。而牙文化，比龋齿还要令人难以忍受……

我的牙还没有拔，却比拔了还要深刻。

发表于《花城》1987年第6期

# 我愿意乘风登上蓝色的月亮

## 一

我愿意乘风登上蓝色的月亮，
回望地球上人类有多么匆忙。
也想化为歌声穿过青草树木，
与蝴蝶般盛开花朵共鸣感想。
而后化作满天云霞滴滴雨珠，
湿润孱弱的小苗干涸的土壤。
谁能想到却变成奔跑的野兔，
追赶你勇敢的猎人猎犬猎枪？

我不知道说什么好。前四句有点儿感觉，而后两句意味与情感已经接不上了，最后两句简直是狗尾续貂。但是我不能这样对她说。她是这里新任的领导，地位排在副市长之二，她作为这里的政坛新星,代表市领导来会见与招待我吃饭。

但更重要的是,她是我的老相识。她自己说,可不是我说,她有今天,和我有很大关系。她一见面就说:“老周,我应该感谢你。”这证明她是一个知恩图报的人。此话到此为止,赶紧咽下。我摇头摆手,意思是早已忘到九霄云外,何足挂齿。我必须识相,不要忘乎所以,从感激到厌恶,有时候只是三秒钟的事。

尤其可爱的是,她拿来了她的诗稿清样,第一篇是《我愿意乘风登上蓝色的月亮》,她的笔名是“蓝月”。天啊,怎么会是这样? 蓝月亮,明明是一种液态洗涤剂的品牌,经常在CCTV(中国中央电视台)的广告里看到的。

是她太天真了? 是我太低俗了? 盛极必衰乃是天道。

我的对于蓝月的感觉已经被商品传播公益广告文体的装酸弄醋侵蚀调戏殆尽。公众已经读惯了这样的文体:

文明是蓝图也是分享,
保险是温暖也是希望,
美丽是责任也是贡献,

痰吐与谈吐同样恰当!

亲切、美好、故人情深之中,我有几分空茫的叹息。吁!

## 二

十五年了。她给我的第一个印象像个田径运动员,修长的臂与腿,面孔红里透黑,皮肤仍然细嫩光滑纯洁。脸圆,眼睛圆,手攥紧的时候拳头显得也是圆球样的劲道和蓬勃。也许与女子中长跑相比,她更应该投身女子轻量级拳击。

她穿着雪白的、带蓝色斑纹的蝙蝠衫,乳白的灯笼裤,一半是无拘束的青春,一半是山寨的怯土;一半是女权与女运动员的无畏——简直是高高在上,东方不败,一半是准"二儿"的怔忡愣磕;一半是白花花的大胆,她甚至让我想起农村的孝服丧服,一半是从远方刮过来的清风明澈。

那时她是后桑葚村的民办小学教师。高等学校本科毕业,应聘做了民校教师,莫非她有什么短处?我心里闪过一丝阴影。

后桑葚村,从火车站还要坐三个多小时的环

山公路汽车，经过山重重，水溅溅，路弯弯，屁股硌得生疼了才看到它的仙境模样。

它位于万花山脚下碧蓝溪河边，分流出来一道溪沟，从西北到东南，水波跳跃着歌唱着迅速地流淌。高低落差很大，除了结冰的季节，昼夜都有稀里哗啦的声响。农民的房舍修在水流两岸。全村都建筑在地无三尺平的坡地上，俯视过去，房顶错落参差，谁跟谁也不在同一个平面上。奇异的是，明明一个百十来户的小村，却保留了自己厚实的土城墙，说不定这里曾经是古战场。离后桑萁村二十公里处有一块大平青石，传说是穆桂英的点将台。说这里是土墙吧，却有一个气势不凡的城门洞子，城门洞子内缘是此地少见的拱形磨砖对缝结构，钉着七七四十九个大铜钉的大门则早已不知去向何方。一进“城”，是高高搭起的戏台，在这个戏台上唱过《红娘》。红娘是反封建的英雄，到了新中国，特别吃得开，就差报名“铁姑娘战斗队”了……久违了，后桑萁的搏战与金鼓，还有几个朝代的悠远与安然。

后桑萁的一大特点是建筑材料用了大量石头。据说根据阴阳五行的传统文化，发达的地方石材只用于坟墓，是土木而不是石头才具有呼吸与渗透的活性,才适合为生活而居住。这儿偏僻穷困,就地取材,民屋也是石头垒墙,做得好的是漂亮大方的虎皮墙,做得差的则是七扭八歪的石头上糊上麦秸黄泥的厚墙,这种不规则的七扭八歪恰恰具有一种奇异的现代风格。

到后桑甚的第二天碰巧听到白巧儿老师给学生讲故事,《卖火柴的小女孩》把安徒生请到了咱村,连同邻村前桑甚与山顶上的白仙姑庙村,三个自然村的孩子在听白巧儿讲:“她想给自己暖和一下……”人们说。谁也不知道她曾经看到过多么美丽的东西,她曾经多么幸福……眼泪从没有洗干净的小脸上流下。山村的孩子们惊呆了,那么遥远却又那么亲近,那么梦幻却又那么真实。这里的亲近的真实是一个切肤的“穷”字。

听了白巧儿的故事二十分钟,她的声音我一连几年忘记不了,她的声音有一种内涵,有一种弹性、糯性,温柔却又劲道,小心翼翼却又杀伐决断。我觉得我在升腾,我在迷醉。这本身就是传说,就是童话。人生不过几十年,几十年中难得有几次迷醉的享受。我惊奇也赞叹,一个贫穷的或者说刚刚开始脱离贫穷的山村怎么会出现了安徒生？流水潺潺湲湲,话语清清明明,故事凄凄美美，讲述热热冷冷，口音标准得像是出自北京的中央广播，那时候这儿还没电视。

如诗如梦，如舞如歌，如泣如诉，如全不可能的幻想。尤其是女教师的声音，它的温柔强大使我回想起母亲的手指、往事、童年、萤火虫，那个对人对虫讲客气的年代。一个朴素的小山沟，一道厚厚的老城墙，一个上圆下方的圈门，一个单纯健康、满脸阳光与献身的城市或乡村女孩子，她在这里讲了“白雪公主”，讲了“目连救母”，讲了“孔融让梨”，讲了“渔夫和金鱼的故事”，还有“六千里寻母”……这本身就是最美的传说。

“您……是满族，是旗人吧？”我问。

“您怎么知道？您怎么什么都知道？”

“您说话特别礼貌，和气，您的那个声调就透着吉祥……再说，您姓白……”

大喜。一下子拉近距离，一见如故。我们就这样相识，我们谈了两天。时间虽然短，我知道了她的许多事迹，她有一个不幸的童年，四岁时候她死去了母亲，后来继母与父亲对她不感兴趣。她濡染在阅读里，从书里得到了她渴望的爱。她从初中就住了学校。高中一年级时她的父亲自杀。她的父亲出过两本诗集，父亲对她讲过，其实他的诗好过李白、徐志摩、普希金、艾略特。他父亲回答记者采访的时候说，他四十岁以后准备学习瑞典语，他要自己翻译自己的诗，他五十岁时要获得世界文学大奖。大学时期，她交了一个男友，一次说到自己的父亲，她介绍了这些情况后男友说她父亲是白痴自大狂，她伤心地离开了他。她报名做山村民办小学教师，开始时只是为了逃脱她的深受伤害的初恋记忆。但是她确实爱上了山村、土城、孩子们。尤其是她喜欢这个村名，后桑葚。她从小爱吃桑葚，爱吃紫桑葚，更爱吃乳白色的桑葚。因为这个村名，她毫不犹豫、兴高采烈地选择了这里。她果然吃美了桑葚。

“我爱吃紫桑葚，更爱吃白桑葚”，她的这个说法让我马上想到巴金的《海行杂记》中的《繁星》一文，巴金年轻时写道：“我爱月夜，但我也爱星天……”这篇散文曾经选入小学高年级的课本里。许多人却硬是不知道，每当我提到巴金的《繁星》，他们就纠正我说，是冰心的新诗。

爱吃桑葚的白巧儿一年给孩子们有时候也包括家长们，讲上百个中外知名的美好故事。山村的农家，于是知道哥本哈根的美人鱼雕像，知道《百喻经》中的《瞎子摸象》，知道庄子讲的挥动巨斧、砍落鼻子头上抹着的白的垩土，知道类似的威廉·退尔，知道了灌园叟晚逢仙女，也知道了阿拉伯大臣的女儿谢赫拉萨德用连续的故事讲说克服了哈里发的凶恶杀机、挽救了众姐妹的生命。这不是奇迹吗？

我也知道了她的苦恼，村民们都关心她的终身大事，村民们担心，她在这个狭小的圈子内找不到合适的郎君，最后只能走掉了事。

“也有人说我是傻子，是智障……”她小声说，她的话声中不无轻微的疑问。

傻和智障还可能是由于她的临时住所，那不是房屋，而是看瓜护秋的农人的“窝棚”，是石头堆积起的一个大“馒头”，外表更像坟墓，里面她有一只皮箱，有半导体收音机，有录放机，还有她自己做的用厚粗布包起来的草垫子，“这就是我的床！”她二儿二儿地说。

在我离开山村的时候，白老师带着几个孩子相送。在我回头张望的刹那间，我看到了她的一个奇异的笑容，我觉得那笑容中有无奈，甚至有凄苦，有被遗忘的荒凉。我不敢再想她的白衣服，没有办法，我们的古老文化不接受茫茫大白。我努力去相信这仅仅是我自己莫名其妙。这个莫名其妙变成了我内心的动力压力，还有点儿隐私的酸楚。我要好好写一篇关于白巧儿这个民校老师的文字，我要让她摆脱凄苦与孤单，摆脱那失去了天良的智障评论，我要让温暖的种子开放出好颜好状的蓬勃鲜花。

## 三

回到城市，我奋笔疾书，我写下了关于民校教师白巧儿的长篇报道《播种者姑娘》，写作中我数次落泪。我一连几夜梦中听到了她的非凡的声音，她的讲说比嗷嗷叫的千篇一律的朗诵好得多。我受到白巧儿的感动，更受到自己的感动，原来你写出了一个纯洁的好人的时候你自己也变得比没有写此篇作品的时候更加美好了，你提升一个你笔下的人物的精神境界的时候，恰恰是你自己的美好、善良、智慧的高扬与光耀。一个写作人，这时候有多么幸福！

没有想到这篇报道取得了很大的反响，报纸收到了上百封读者来信，高层领导同志做了重要批示，教育行政部门与教育工委组织全国教育工作者阅读“学习”，我获得了“报告文学年度奖”与当年的“好新闻奖”。次年，省电视台播放了有后桑葚村与白巧儿的生活工作背景的视频并配有我的作品的朗诵。

有人还说是我的作品推动了后来民办小学教师待遇问题的解决，我谦虚，我还不敢这样宣布。

也是次年，我当选为作协分会副主席。

白巧儿来信说，不但她已经有了编制，而且我的报道使她收到了从帕米尔高原的边防到深圳特区的商家巨擘发出的数十封愿意与她交朋友的附有英俊挺拔照片的火热的信。

两年半后，我收到了白巧儿的婚礼请柬，她的丈夫是县人大常委会副主任，请柬上的双喜字与牡丹花图案显得俗气，但白巧儿手写的几个字纯真得出奇，她写道：“您是我命运中的贵人”。“贵”字洇湿了，我相信她写到这里时落下了泪水。

恰逢组织与宣传部门约我谈话，谈我的工作安排问题，我参加不了她的婚礼，给她寄去一套海峡对岸出品的床具，我写道：“是你帮助了我，你不仅在后桑葚播种了爱与文明，你也在我的命运中播撒下吉祥的甘露。一个好人、福星，带来的是一方好运，正像一个坏种、恶煞，带来的是一世乖戾冤仇。”届时我又拨通了她的电话，向她与她的那一半说了许多美好热烈的祝福话，这里叫作“喜歌”的。

实话实说，文字生涯中遇到一个先进模范，是几辈子修来的机遇，它是社会之福，地域之福，报刊之福，宣传文艺教育部门与团体之福，本人之福，这是报道者即写作者几代人修来的福缘福分。以福祈福，以福造福，正能裂变，福福无穷！

又过了五年，白巧儿三十三岁，她调任县妇联主席。她来信说她很矛盾也很不安，她觉得自己的前景很看好，但是更加值得珍惜的东西是在后桑葚。她说她婚后就已经常常往县里跑了，每年的寒假与暑假，她都不在，“五一”“十一”、春节假期，她也多在县里。她觉得对不起孩子们。她常常在梦中回到她的学校。

我回信说，她已经在山村工作了十一年，再说，她已经结婚五年，早该与先生团圆，我还以老辈的亲切直言不讳地对她说，她该考虑下一代的事了。

她回信说，听了我的话，她好受多了。临别的时候，她给后桑葚小学买了上百本书。听到此话，我寄给他们小学三十多本书，其中两本是我写的。后桑葚村渐渐小有名气了，在省里的新闻节目里，它每年都有几次报道，也上过央视《你幸福吗》的专题采访栏目。

## 四

又过了十年，也就是二〇〇九年，白巧儿已经是省会城市分管文教工作的副市长了。我毕恭毕敬地接受副市长的接见。

她设宴给我接风，有老板鱼，有鸭舌鸭掌，有卤水什锦，有瑶台翡翠(是一种海鲜贝类的特殊制作)。她一再与我碰杯干杯，我几近天旋地转了。她拿出了她独生子的照片给我看，我要全家福，我希望能见到她的老公，她心不在焉。

第二天我参加省城读书节活动，开幕式上举行了根据白副市长的倡议编写的《我爱家乡的三十一个理由》一书发行仪式。白巧儿代表市政府两次讲话，她把讲故事的亲切与温柔，官员的正气与有板有眼，字正腔圆，诚恳随意，“旗人”同胞的谦恭与多礼，蒸蒸日上、前途看好干部的自信自如……都结合在一起。她不拿讲稿，不用套话，不带官腔，符合最高最新精神，顺流而上，入情入理，官听了官点头，民听了民喝彩，文人听了赞赏文采，老干听了首肯其观点，海归听了佩服她紧跟时代。已经许多年了，我没有在任何县市听到过这样精彩的即兴发言。许多年来，连宣布开会，宣布请哪个领导或代表讲话，讲完话表示刚才的讲话很重要……一直到宣布请起立请坐下直到散会，都是死死地念千篇一律的稿子上的主持词。

但是，她的讲话声腔里有一种圆熟、练达、自信，于无意中流露了高高在上……已经不是那个有独特的音响效果的女孩了。

我相信，再不要听那些唱衰家乡与祖国的狗屁段子了，希望在于少年中国，希望在于青春，希望在于文化教育，希望在于白巧儿他们。无怪乎省里的朋友们念叨，说是她即将更上一层楼，可能要调到省里担任职务。再想想她四十多岁的黄金年华，我怎能不为之雀跃呢？

同时我感觉到了她正式讲话的调门与单独相处或者共同吃饭饮酒时候说话的调门确有不同。场合不同，关系不同，几套语码。官员并非每一分钟都是官员，这是能放能收吗？这里有几个白巧儿吗？她还是后桑葚的播种者姑娘吗？

她接待我的时候有市政府的一位副秘书长、一位接待办的科长，还有一位省城作协的党组副书记经常陪同,他们的点头哈腰满脸堆笑的样子,让我有点儿别扭。我不是愤青,我懂。

次日她给了我她的诗集清样《我愿意乘风登上蓝色的月亮》,省人民出版社即将出版她的诗集,要我写个序。她什么时候成了诗人?我略感忐忑。

临分手时她送了我两盒茶叶、两包大枣、两包香肠,还有两瓶本地出产、自称有三百年酿造历史的白酒。据说当年老一辈领导人夸奖过这个牌子的酒,可惜如今好酒如云,广告如花,信息如海,这个酒日益冷落,白副市长有“冠盖满京华,斯酒独憔悴”之不平。临别时风华正茂的女副市长谆谆嘱咐我要写文章谈谈此地的酒,表现了她爱市如身的责任感。

此次会面,她既是故人情长,又是出于公心,既是谈笑风生,又是从心所欲不逾矩,如此得体,如此成熟,如此潇洒,俺知道绝非易事。女隔三日,刮目相看,人大十八变,越变越雄辩。历史搭上了高速列车,人人都在创造历史,创造自己。

临走时候我劝了她一句:“还是少喝点更好些。”她感激地捏了一下我的手。

次年元宵节刚过,我在本城请几位老同学吃

羊肉泡馍。本来羊肉泡馍是个大众饭，小铺子里、摊档上都可以吃到，边说话边撕馍边舐嘴唇，很方便的。由于近年旅游大发展，土特小吃成了旅游看点卖点，再贴上千百年地域文化源远流长的标签，到处夸张造势，牵强附会，换场地，添背景，编造故事，挂凡尔赛宫式的大吊灯，摆洋不洋土不土的餐具器皿，菜单也印得如结婚请柬，加上上菜时的巧为解说宣传，发放广告彩页……种种泡沫服务，一下子价格上升了好几倍，搞得变成了专宰外地游客的奢侈大餐，而本地人少有问津的吃食了。我是因为为老友庆生，也为自己又有新作获奖，才闹腾了这么一下的。

就在我们吃喝得喊叫得最最红火之时，从里面雅间里出来一组客人，高雅富足，踌躇满意地走过我的身边，“老周！”我听到了分外亲切的召唤。

无意中在本乡本土遇到贵客，其乐何如！省城的白市长与我那样亲热，也是个体面事情。我心潮高涨，乐情荡漾。五分钟后，有一束百合花与马蹄莲配六朵玫瑰送到我手里，四十分钟后，我去结账，被告知已由雅间贵客结讫。

感动我的是“漂亮”二字，对于白巧儿，除了漂亮，还是“漂亮”，就是“漂亮”，硬是“漂亮”。瞧瞧人家，两千多块钱的饭钱与两三百块钱的花束事小，瞧瞧人家是怎样办事的：那出手，那风姿，那利索，那飘然而来、杳然而去、无迹无踪的身影格调……漂亮得令你迷醉，漂亮得像童话，你连感谢的话都没有地方可说。而她的美意永在身边，她的荣光罩严了你。人家果然是当市长的命，与臭鱼烂虾神经兮兮的穷酸文人们大异其趣！

回想自己该写的都还没有动手，辜负了故知新星领导的信任提拔。我不敢怠慢，秉笔含泪，激越疾书，给本省的文学刊物写了饮省城酒的散文，把刊物寄给了白市长，未有回复，我也自知此文改变不了此品牌酒的颓势。文学刊物发行量日益萎缩，我的一篇小文有什么用？无怪乎我们作协分会的党组书记调到劳动局当副局长，他跟摸彩摸到了大奖一样欣喜若狂，请我与所有的副主席与党组成员足撮了一顿。倒是酒厂来信要详细地址，说要给我送两箱子样品酒。我想，大概是市长小妹把拙文转给了他们。我没接茬。我不好意思。

我写了《我愿意乘风登上蓝色的月亮》的序，没有多谈她的诗，倒是回顾了在后桑葚村与“诗人”的相遇，我仍然强调她的播种的光辉。感慨系之。

没有回音。也没有见到此诗集的出版。也没有听到她再高升或者再调动的消息。自古讲“相府如潭，侯门似海”，相信她走在新的高阶起点上。

## 五

二〇一三年，我又被邀去省会参加读书节活动了。我已经六十大几，渐觉耳背眼花，说话重复，时而脑筋短路，说着说着会忘记了自己在说什么，而一些最最普及的名人人名，乔治·华盛顿、哥白尼、赫胥黎、伏尔泰……最近我多次卡壳忘记。我将此次的省城之行视为自己的告别演出。

在省城当我问到白巧儿副市长的时候，接待的人互相看了一眼，说是“我们也不太清楚”，我的心“咯噔”了一家伙。

零零星星，蛛丝马迹。人们小心翼翼地透露给我说，白巧儿的老公，因为早早就患有严重的糖尿病，一直半休在家，两人的关系似不融洽。白巧儿到省城工作后，当然把老公也接了来，随后，老公的弟弟与弟媳也到了省城，到与他们哥哥相识的一家企业混生活。如此这般，年初小叔子与媳妇打起了离婚官司，为分割财产闹了个不亦乐乎。在法院，媳妇咬定，嫂子是大官，给了小叔子一套房产，还给了多少多少万元的现金，多少多少万元的股票，她全部要求按婚后财产收入归夫妇二人共有的原则分享。此事在网上曝出来了。

"真的吗？"我问，心乱了，如同吃了一只苍蝇，仍然不敢相信。"这怎么可能？怎么可能？不可能！不可能！"我的内心里山呼海啸，心、耳、思肉搏成了一团。

不，我并不是由于自己写了她，从而长了行市而为她事后的种种变故感到关切，三十年河东，三十年河西，小二十年后失足落水也算沧桑之一景。这也是报告文学，更是小说与诗歌的资源。我并不需要因为发生了某些尚无结论的说法而尴尬而晦气，我本来可以振振有词地说，当时有当时的情况，现在有现在的情况，习而不察未必会比用而不察更输理。但我还是觉得自己挨了窝心一脚，我当真要喊："天地不仁，以万物为刍狗！"我失去了成为著名作家与兹后青云直上的理由，我失去了为那样美丽陶醉得令人迷惑的感觉，我推动了山村、童话、土城上空的月亮。我的失落感当然不是为了自己的俗务。

"网上贴了四五天，小地方指名道姓地一传，早已满城风雨。后来屏蔽了一回，一屏蔽，各种爆料就更多了。”

谁都是欲言又止，大致的说法是：她的老公原来在县里就是“能人”，有些积蓄，后来倒腾了一下，有所发达膨胀，现在难以确定其合法性或非法性，事出有因，查无实据，上边也未必顾得上查他，比他问题大的人多了去了。这是第一种说法，认为白巧儿基本上没有太多责任。

第二种，是说她老公与这里的商企权贵家庭关系很深，尤其是老公善于与二三等的准红二代、准富二代交往，帮这个批地，帮那个批指标，起到了最需要起而他人无法起的作用。老公、小叔子、小叔子媳妇，都以市长家属的名义揽过事受过礼要过回报，也都用各种办法让市长嫂子去通过关节办过事。她本来一个“无知少女”，权力有限，问题是市里的几个关键人物对她印象特好，她确实是一个讨人喜欢的女子。

第三种，顺着第二种说法发展下去，就传出了她与本市一位权势满满的大佬有染的佳话丑闻。有男有女有关系有趣味盎然，形势大好，春色满园，底下的话可想而知。

再分析一下，戏后有戏，说是表面上看是小叔子夫妻打离婚，其实是老公导演的一出情节戏情景戏，时至今日，在网上把白巧儿臭了个三魂出窍、六魂涅槃，小叔子夫妇并未离婚，据说此年情人节人们看到了小叔子给妻子送了二十九朵玫瑰。倒是把白市长逼上了绝路，老公算是秀了秀自己的道行，出了一口鸟气。也有人痛斥此种说法不合逻辑，两口子之间不管有啥问题，维护共同形象，必然是利益与智慧的交汇点。

而最最要命的事件发生了，当通俗的也是最易普及的严重杀伤性爆料甚嚣尘上之时，在春天万物的发情期，白巧儿上演了一回“自杀未遂”的陈旧笨拙戏码。她吃了一瓶安眠药。

浑蛋透顶啊，你怎么会是这样，你你你……

自杀未遂，此事确然发生，没有争议。属于新知识新概念领域的争论是：她的自杀是什么性质？畏罪？堕落、蜕化变质后的自责？网谣杀人？畏谣言与舆论如阮玲玉？背叛社会主义事业、为我们的体制与统战政策抹黑？还是完全无能力负责的抑郁症（它是用脑过度、精神紧张、体力劳累所引起的一种机体功能失调疾病）。现在美国城市的抑郁症患者占城市人口的40%以上。赵匡胤、林肯、罗斯福、丘吉尔、林彪、姬鹏飞、凡·高、海明威、徐迟、许立群、崔永元……都有抑郁症。何况白巧儿的家族病史上就有板上钉钉的抑郁铁案。再加上个区区白巧儿，又有何妨碍呢？

多数市民与本市干部都不能接受这最后的说法，人们说，西医本来就不适合中国国情，西人亡我之心不死，忧郁中华之心未死，奇谈怪论更是为了给不良男女打掩护。孔孟老庄都教导我们，君子坦荡荡，无欲则刚，至人无梦，游刃有余，善摄生者无死地；为人不做亏心事，半夜不怕鬼叫门；一瓶唑吡坦，已经不打自招了她的贪腐……

很遗憾，无法了解得再多，我难以释然的一点是，这里似乎有我造的孽。我的笔毁了她，高高抬起，突然跌下。当然她必须对自己负责，但是如果我不写那篇高调的报道呢？我惶惑了。我恨白巧儿，更恨我自己。天上地下，怎么会这样快？完全无法相信。我唯一能做的是给省城朋友留下了我的手机号与地址，还留下了一张字条，托他们转交。我写道："白巧儿同志你好，请与我联系，永远不会忘记在后桑葚的日子，什么都不会太迟，美好在昨天也在明天，重要的是今天的勇敢面对与跨越……请接受我的惦念与祝福，保重，保重，再保重！"

## 六

又一年多过去了，我得不到白巧儿任何消息。梦里，我见到了她，听到了她讲故事的独有的声音。而且，不好意思，我亲吻了她。她的泪水落到了我鼻尖上。我的泪水，落到了她额头上。

我痛心，我也期待。我惦记，我也顿足。我愤怒，我也撕心裂肺。我完全丧失了信息来源也就是完全无法做出判断，又不能死乞白赖地打问，对一个有问题的人你怎么这样钟情，你老糊涂了还是老变态了？

我却对她仍然充满担忧，并且愿意为她祈祷上苍。

这是什么？一天半夜睡梦中我喊了起来。

鼠疫？霍乱？埃博拉？化武？冤孽？自取灭亡？

痛心疾首！

该死！

这怎么可能？

痛心疾首！

这是怎么发生的？

告诉我，我不信，我不明白，我不接受！

## 七

又一年过去了，二〇一五年除夕晚上从我的手机微信的朋友圈中看到了几张彩图，是雪景，我蓦然心动，若有所惊。初冬的第一次大雪？

头一张照片是一条山里的公路，公路的一个侧面是白雪，另一个侧面是黑色柏油路的本色，一侧向阳雪薄，一侧背阴雪厚。公路拐着一个大弯，两端都通向远方，来处去处都还那么遥远。大路多雪的靠近河谷一侧安装了讲究的护栏，改革了，开放了，发展了。护栏下的流水并没有冻结，似乎听得到一点儿水声。山脚下有蜿蜒而上的电线杆，几道电线像是空中五线谱。好熟悉的地方，好疏朗的空间！

另一张照片是白茫茫大地真干净，是雪的丘陵，是雪的海洋，是雪的波涛，是雪的原野。一片空无，千山鸟“BZZGN”，什么是“BZZGN”呢？来信息者的电话号标明是“私人号码”。那么难道我的叫通别人的手机必然会显示的电话号，是公用号码吗？这里也有英语词汇的影响，以“私”加密，无孔不入。

而“BZZGN”，莫非是“播种者姑娘”？

我幻想着，我期待着，我感动着，心跳着，我糊涂得要活要死。我赶紧点击“赞”与“评论”，出现了“拒收”字样，是隶书。这是什么型号的后乔布斯手机呢，我还从来不知道任何手机有向来信方显示拒收隶书字样的功能。中国的设计师，快快设计出有强大拒收功能的手机来吧，拒收救国，拒收救世，拒收救人！

播种者小姑娘，播种的人，糊涂的人，不堪回首的人，那么容易失落的美好与青春啊，播撒良种的，抑或病毒吞噬奄奄一息的姑娘啊，你在哪儿？

发表于《中国作家》2015年第4期

# 第二辑

# 常胜的歌手

# 青蛙的痢疾

一只青蛙因为偷吃生葡萄过多而得了细菌性痢疾，它肠胃绞痛，不思饮食，胸满恶心，头晕目眩，匍匐在收割后的稻田里，用它那浑浊呆滞的眼睛望着世界，喘息着，悲叹着。

胆小而又好学的兔子从稻田里穿过，听到了青蛙的呻吟声，它弄不清这声音里包含着什么样的哲理、经验和深意。它看见了微微颤抖着的青蛙的身体，它弄不清这抖动里表达着怎样的奥妙、成熟和沉稳。它恭而敬之地请教说："大师，请不要吝惜您的智慧和学识，给我一些点拨吧！"

青蛙有气无力，愤愤不平地说："世界简直已经到了末日，只有你还算'孺子可教'！你看看这天空，肯定是吃多了消化不良！到处是金星乱舞，到处是葡萄的幻影，它是这样肿胀，这样沉重！而这地面呢，正在下坠，在便秘，在蹿稀，在痉挛，它疼得一抽一抽地乱抖。你再看这太阳，太阳也失去了光辉，而且摇摇晃晃，恐怕马上就会从天上落下来，落到地上就会引起一场大火，把河水烧干！还有我身旁的稻田，不但没有结任何谷穗，而且是这样冷酷、混乱，散发着一种腐败的痢疾病动物特有的气息。天上飞着的呢，又都是一些苍蝇，渺小，卑贱，'嗡嗡嗡嗡'，没有节拍，没有和弦，没有根底……"

这时，一只百灵来到稻田的上空，唱起歌来。

"青蛙大师，您看啊，这儿有一只百灵！"兔子说。

"我怎么看不见？我怎么看不出来？你以为你说它是百灵它就是百灵吗？你算什么东西！即使真的是百灵，它也是苍蝇变的，你难道看不出来吗？"

兔子吓得缩成了一团，忽听青蛙惨叫一声："世界毁灭了！"

兔子顿时两眼漆黑，陷入了绝望的恐怖之中，但仅仅十秒钟以后，它就睁开了眼睛，发现天空仍然是天空，地面仍然是地面，太阳绝无坠落之虞，而农民，正在附近的稻场上打稻谷。百灵鸟呢，唱得更加欢乐。只有尊敬的患了痢疾病的青蛙，已经溘然仙逝。

# 她本来长得不丑

我的一位女邻居的相貌，给我的最初印象，本来是相当不错的。可惜她太喜欢就审美问题发表理论性的见解。例如她常常对我说："我就不喜欢高鼻子。大象的鼻子倒是大，但是那好看吗？鼻子大的人多半都目空一切，自命不凡……"

她说得太多，使我不由得多看了几眼她的鼻子，这才发现，原来她的鼻子有些扁平。

她还爱说："头发太黑了，效果并不好。为什么这样说呢？现在时兴染发，如果你的头发又黑又亮，人家也许会认为你是染的。到了外国，各式各样的假发就更普遍了，你花一点儿钱，就可以长上你所需要的头发。要粗有粗，要细有细，要疏有疏，要密有密，要黑有黑，要红有红，要黄有黄。"她又补充说："所以说，把头发作为判断一个女人美不美的标准之一的时代，已经过去了。"

她说得太多了，我不由得注意了一下她的头发。原来，她的头发是有点儿稀疏、干枯、褐黄，好像是得了霉锈病的荞麦。

她又说：“‘一双鞋，衬半截’，这样的俗话我才不信。鞋对于一个人来说毕竟是次要的，红军二万五千里长征的时候穿的就是草鞋嘛，他们那个时候能到王府井鞋店买高跟皮鞋吗？对于一个女人来说，鞋的好坏还不如口罩更重要，一个雪白的口罩显示着文明、卫生、礼貌、细心、尊重别人、明智、富裕、现代化、讲科学、含蓄、乐观、有分寸、冷静、克制、持重。而一双好鞋意味着什么呢？只能意味着粗俗、浅薄、奢华、作态、扭捏、卖弄风情！”

她的理论使我注意到，尽管她戴着一个雪白的口罩，但是她的鞋极蠢，不合脚，而且走起路来还显出脚有些畸形，多半是八字脚加平足。

随着她的美学理论的发挥，我终于认清了，她的相貌实在是不宜奉承。

# 常胜的歌手

有一位歌手，有一次她唱完了歌，竟没有一个人鼓掌。于是她在开会的时候说道："掌声究竟能说明什么问题呢？难道掌声是美？是艺术？是黄金？掌声到底卖几分钱一斤？被观众鼓了几声掌就飘飘然，就忘乎所以，就选成了歌星，就灌唱片，这简直是胡闹！是对灵魂的腐蚀！"

她还建议，对观众进行一次调查分析，分类排队，以证明掌声的无价值或反价值。

后来她又唱了一次歌，全场掌声雷动。她在会上又说："歌曲是让人听的，如果人家不爱听，内容再好，曲调再好又有什么用？群众的眼睛是雪亮的，群众的心里是有一杆秤的。离开了群众的喜闻乐见，就是不搞大众化、只搞小众化，就是出了方向性差错，就是孤家寡人、自我欣赏、钻牛角尖、穷途末路、难以自拔！在音乐厅里，我听到的不只是掌声，而是一颗颗火热地跳动的心！”

过了一阵子，音乐工作者开会，谈到歌曲演唱中的不健康的倾向和群众的趣味都需要疏导，欣赏水平需要提高。她便举出了那一次她唱歌无人鼓掌作为例子，她宣称：“顶住了！顶住了！我顶住了！”

过了一阵子，音乐工作者又开会，谈到受欢迎的群众歌曲还是创作、演唱得太少。她又举出了她另一次唱歌掌声如雷的例子，宣称：“早就做了！早就做了！我早就做了！”

# 听来的故事一抄

下面这个故事是我听来的，据说源于二十世纪60年代的一个出版物，译自非洲的一个寓言。只因为它太妙、太贴题了，我才抄录在这里。这不是我的创作，希望编辑部计算稿酬时将这几行字减去。

有一个牢骚满腹的人躺在核桃树下叹气，他骂道："这个世界是多么不公正啊！什么公道，什么正义，全是拆烂污！现代迷信！原始的蒙昧主义！就看这堂堂的核桃树吧，它根深干直，枝繁叶茂，威风凛凛，仪表堂堂，然而它结出的核桃果呢，还没有鸡蛋大！这简直是荒唐！简直是愚蠢！简直是对树的尊严的挑战，侮辱！而再看看那边的南瓜吧，细细的软软的蔓子，没有骨气，没有节操，没有年轮的光荣，没有木质部，直不起腰来，绝对不是栋梁之材，与泥土狗屎为伍……它倒结出了金灿灿的大南瓜，比我的脑袋还大三倍！”

正当他义愤填膺地为核桃树鸣不平、讨伐大南瓜时，一阵小风吹落了一个核桃果，落到了他脑门子上，“叭”的一响。

他吓了一跳，霎时间心脏停止了跳动。良久，他苏醒过来，摸摸脑袋，安然无恙，不但没有漏洞裂纹，连个小包也没有。

他不由得衷心赞美：“赞美全知全能的上苍，多么公平的世界啊，上苍的智慧与慈爱无处不在。请想一想，如果核桃果果真长得如同南瓜大，砸到我的脑袋瓜上，我不是就呜呼哀哉古得拜了吗？”

# 老王系列

## 1. 回　头

老王在街上走，碰到上知天文，下知地理，所有书架上的书都读过，前后五百年的事无不知晓的孙天师。天师问，你到哪里去呀？他回答到什么什么地方。天师说，咦，你到什么地方应该走那边的，你怎么走到这边来了？老王说，我随便遛遛。天师说，你遛弯儿应该到哪里哪里呀，你怎么在这边遛弯儿呢？

老王一句话答不出来，回头就走。天师大惊，在后头追，边追边说："千万别往那边去，那边马上会发生一场枪战，四名抢匪和十名警察交火，那边太危险了。"

听了这话，老王跑得更快了。他跑了十分钟，估计天师走开了，便再回转身走。走了几步，他发现，天师还在那边等着他呢。

他问天师："哪儿呢哪儿呢？哪儿有枪击？哪儿有死人？别烦我好不好？"

天师一笑，说："瞧，您这不是回来了吗？"

## 2. 快乐不快乐

老王老了以后常常问自己：什么是快乐呢？什么是不快乐呢？

老王还爱问，谁有权力判断一个人——比如他老王，该不该快乐呢？一个人的快乐权是属于他自己还是属于某个新出炉的哲学博士呢？

老王还想，一个悲愤的人是不是有权力要求旁人一定要与他一样地痛不欲生呢？

一个快乐的人是不是要为世界上乃至他的身边还有不快乐的人而惭愧，而受到良心的责备呢？

老王给一个老朋友打电话，互致问候，当老王说到自己去了桂林，逛了漓江与七星岩之后，朋友埋怨道："瞧你还玩呢，我这里，一家子住了医院……"

老王很惭愧，觉得是自己太轻狂了，这么大岁数了，你就忍了算啦，还快乐什么？

最近他发现了一个秘密：快乐与不快乐的划分其实很简单。夏天，一天闷热，北京人叫作憋雨，傍晚呼啦啦下起大雨来啦，人们是多么快乐呀！而憋了一天雨了，潮了闷了热了黏糊了，最后雨云被一阵风吹散了。期待了 两天硬是没有雨，那才不快乐呢。

这是老王的绝密发现，他不敢公之于众，他怕那些新出炉的博士（Fresh Ph. D.）批评他太没有深度太不够悲愤。

## 3. 第一与最好

于是老王给自己出了许多类似的问题：

你第一次喝酒是什么时候，喝的什么酒？

你第一次看电影是什么时候，看的什么电影？

你第一次盯住一个女孩儿看是什么时候，她长得什么样子？

你最爱唱什么歌？第一次是在什么地方唱的？

你最爱看的是哪本书？是什么时候第一次看的？

你第一次离开北京是什么时候，是到哪里去？

你的第一次滑冰？第一次游泳？第一次领工资？第一次逛公园？第一次坐飞机？第一次出国？

于是老王想起了二锅头与茅台、卡通《铁扇公主》、邻居女娃、《喀秋莎》或者陕北民歌、《野草》或者《唐诗三百首》、他想到了世界与中国的许多美丽的地方，想到了夏夜、雪、阿尔卑斯山……

多想点这些可真高兴！

## 4. 着　陆

老王做了一个梦，梦见自己会开飞机了，他驾驶着一架大型民航客机，穿云破雾，随意翱翔，十分自由快乐。醒来后仍然得意扬扬。

得意了十分钟后，忽然发现，只梦见了开飞机，却没有把梦中的飞机降落下来，一架飞机没完没了地只在空中飞行，却不着陆，这是多么危险多么可怕！

他天天盼着能再次梦到开飞机，而且这次坚决驾驶着飞机安全着陆，叫作一块石头落地也。

然而，他仍只梦到开飞机，梦不到飞机着陆。他为此十分焦虑，茶不思，饭不想，人变瘦了许多。

一年后，他梦到了自己在修机场，扛洋灰，打钢筋桩。醒后大喜，他终于明白了，不修好机场跑道和指挥塔，飞机怎么着陆呢？

## 5. 极　致

一个年轻人问老王："您气急了，想干什么？"

"想笑。"老王回答。

"您高兴到极点，想干什么？"年轻人又问。

"想死。"老王回答。

"您恨极了想杀人吗？"

"恨极了？恨极了想吃一客高级冰激凌。"

"您爱到极点呢，您爱到极点会有什么愿望？"

老王于是闭上眼睛，用手示意，令那个提问题的人退去。

## 6. 误　记

有一个晚宴是安排在星期四晚上的，老王记成星期五了，等他到场，才知道头一天晚宴已经举行过了。他知道后一面叹息自己"老了老了"，一面庆幸记错了倒也不赖，不用费多少时间多少牙口就算是来吃过了，又不是故意不来，没有什么对不起老友或者不尊重晚宴的组织者。

有一个展览本来是在甲美术馆的，老王记错了，届时到了乙展览馆，到了乙展览馆遍寻各处，也没有找到老王需要参观的那个展览。弄清是怎么回事后，老王一面叹息自己“老了老了”，一面正好看了看乙展览馆正在展出的一些展品，心里反而轻松得很。

老王见人就说自己已是老年痴呆症初期了，但是人们不信。

相反，一般人认为老王是愈来愈成熟，愈来愈有道行，愈来愈有境界，愈来愈有“派”了。甚至传出一种说法，说是老王已经成了精啦。

## 7. 心　算

在老王睡不着觉的时候，他喜欢做一些心算算术题。比如19加99，他立刻告诉自己是118，原因是99加1是100，而那边的19减去1后是18，100+18=？这还用问吗？心算的秘诀就在于把一个艰难的提问变成两三个白痴的提问。他得意扬扬，瞧，我都七十的人啦还会心算。就是说，我还会化难题为白痴问题，这可是看家的本领啊。

这一天他失眠得厉害，便大做心算题，55的平方是多少？立方是多少？8次方是多少？123456789加987654321是多少？再乘44%是多少　　越做越兴奋，越做越睡不着。越做越觉得自己的能耐与白痴毫无二致。

做来做去，眼看凌晨两点多了，老王头昏眼花，天旋地转。不行了不行了，心算能力过强者，不祥！

那么3加5等于几呢？

天啊，3+5=？我怎么也弄不清了。

3+5=3？=6？=7？=8？=110？

不对不对，我怎么这样糊涂哇！

老王恍然大悟，此乃境界也，返璞归真，赤子婴孩，万象归一，调节身心了呀。我有……一言君记取，身心得失不由天……

老王大喜，含笑入睡，翩翩化蝶……不知东方之既白。

## 8. 神　秘

原来觉得太空很神秘，后来加加林上去了，没什么神秘的了。

原来觉得月亮很神秘，后来美国人上去了，传回来了月球表面的照片，不神秘了。

原来觉得火星很神秘，现在好几个仪器在上头工作，传回来的照片跟新疆的戈壁滩也差不多，不那么神秘了。

原来觉得爱情很神秘，后来有了弗洛伊德学说，没啥神秘了。

原来觉得社会发展很神秘，后来学了许多理论，掌握了社会发展规律，不神秘了。

原来觉得革命很神秘，后来革命发生了，成功了，前进了，挫折了，总结历史经验了，与时俱进了，没有什么神秘的了。

原来觉得死亡很神秘，后来许多亲属、许多故旧去世了，也就是这样的了。

老王向着夜空发问：神秘啊，你到底在哪里？我追寻你，我期待你，我爱你！

## 9. 星　星

近来，每天晚上，老王都注视着那一颗最亮最亮的星星。人们说那是金星。

金星真美丽！

老王不明白，为什么叫金星呢？叫“金”是多么俗气了呀。如果不叫金星而叫……叫什么好呢？

比如叫孤独星？抵抗星？思想者星？寂迷蓝一星？或者无语星？陌生星……

星啊，你为什么待在那么远的地方？

星啊，你和日月有交流吗？你和别的星星有来往吗？

星啊，你没有生命，没有思想，没有感情，你为什么那样美丽动人呢？我为什么看见你会感动得泪流满面呢？

## 10. 购　房

老王与老伴合计，两个人的工龄加起来已经超过一百十一年了，积攒了大几十万块钱，眼看着存款利率低于通胀率，同时各种所谓理财的新花样什么股票、什么基金、什么企业集资让他们眼花缭乱，他们已经没有勇气与智力去尝试新鲜事物，两位老人合计，再买套房子吧，好赖不怕贬值，就是房价短期下滑也还多一处房子在，正好体验小康的快乐生活。

一进行，才明白，他们的存款太少，买远郊的公寓楼的一个小单元，还凑合，买真正能让二老提气的房子，相距甚远。搞按揭吧，老两口儿又超龄了，人到了这岁数，别说提级没有门了，买房也诸多不便了。

那就不买了。

一旦决定不买，两人轻松愉快起来，而且老觉得自己省吃俭用，一辈子还真存了不少的人民币，不算大款也算个小小中款了：可以自费旅游，可以进像样的餐馆，下次有个病呀灾呀的可以自费住单间病房，享受副部级待遇。

老王总结说，你不想买贵东西，你当然就富啦。

## 11. 主　意

老王接到孩子的电话，孩子抱怨说："好容易到了春天，风那么大，沙尘那么多，开开窗户吧，一会儿屋里的东西就都是一层沙尘了。"

老王说："那就别开窗户了嘛。"

孩子说："怎么能不开窗户？房间里什么气味都有。新买的家具涂料都是有毒的。墙上的甲醛至今还没有发散完毕。人也有味，又拉屎又放屁的……"

老王说："那也好办，每天趁着天好，没有起风，没有太多的浮尘的时候打开窗户，过一会儿再把窗子关上……"

孩子说："再关上，你一下班，来个足实的，全是有害气体……"

"那就开着，回家以后擦洗擦洗，扫扫抹抹，打扫卫生呗。"

"下班以后我都累成什么样啦？同事们说，我们累得都成了脱骨扒鸡啦……"

"那就随便吧，想开就开会儿，想关就关上，气味不好了赶紧开，沙尘太多了赶紧关，累了就躺下，嫌脏了就干活，更累了就雇个小时工，雇不起小时工就凑合着……"

"您怎么这么能说废话呀？您这不是跟没有说一样吗？"

老王很惭愧，他出不来什么好主意，他连一个开窗子的小问题也解决不了，这辈子幸亏没有让他干什么大事。

## 12. 写　诗

老王忽然想写诗。他想，诗人也是人，有什么了不起，你能当诗人，我也未尝不能当，不就是一批中文字吗，我好好写就是了。

从此他有了诗人的习惯与脾气。他常常落泪。他常常在树下月下徘徊。他常常独自一人哼哼唧唧。他常常说一些尖酸刻薄的话。他常常骂旁人愚蠢。他顿顿饭要喝酒，要吃鸡和鱼，没有喝酒也照撒酒疯不误。

他终于写了一百首诗。他的朋友、学生、老部下都来抬轿，这个联系出版社，那个联系传媒，电视台已经决定他的诗集出版以后对他做一个专题采访，杂志社决定出版一期“王诗”专号，连举行诗集首发式的会堂也预租好了。

他在把诗稿给出去的最后一刻钟重新审视了一遍，他决定，焚毁所有手稿。朋友们、部下们、学生们都称赞他的严肃的创作态度。

他自己也很快乐，他想，烧诗，不是比写诗更有诗意吗？

于是他想起了林黛玉。

## 13. 一　笑

老王刻了一枚闲章，上写四字："一笑了之"。

老王到处题字，也是这四个字："一笑了之"。

于是老王显得有点儿空灵超脱，仙风道骨。简单说，朋友们谈起老王来，都说："嗯，这个老家伙有点儿道行啦。"

老李不服，便在一个有许多朋友在场的场合，问老王说："你到处鼓吹什么'一笑了之'，可一说起老于来，你就说他怎样品质恶劣心术不正，你说他的样子像个狼，老等着吃人……这能算是'一笑了之'吗？上次我去你家，你正为了看哪个频道的电视节目而与家人争得面红耳赤，这能算'一笑了之'吗？还有一次我在东城大百货公司看到你在退换一台收录机，你对人家售货员历数你买的那件产品的毛病，这能算'一笑了之'吗？啊，还有今年春节你请我们吃饭，结果鱼香肉丝里发现了苍蝇，你为此与服务员争吵起来，你又怎么'一笑了之'了呢?"

老王听了,哈哈大笑,说:"你说得对。"然后回头做别的事情去了。

## 14. 游　泳

老王喜欢在海上游泳。

很多人问他:"能游多远?"

他回答:"反正一千多米没有问题吧。"朋友们点点头,并没有特别夸奖他。

他乃下决心测试一下自己,游着游着,并没觉得太累,便想,已经这么大年纪了,逞什么能呢?适可而止就行了。于是他转身游回去。这样测试了几次,都是力未尽而知返,他仍然不知道自己到底能游多远。

接下来又有朋友问他:"在海上,你能游多远?"

他回答:"我也不知道,反正已经游了几十年了,游到不能游的时候为止吧。也就是说,等我知道我到底能游多远的时候,我也就不可能告诉你了。"

# 15. 悲惨的童年

周末,老王到女儿家去,晚饭后照例是八岁的外孙的功课:吹萨克斯管。

开始,女儿想把孩子培养成肖邦,至少也要培养成赖斯,据说美国前国务卿赖斯的钢琴弹得很好。再说,女儿爱唱的流行歌曲“我爱你,就像老鼠爱大米”客观上有向赖斯表示友好的战略性含义,因为赖斯在汉语里当作“大米”解。

后来,学钢琴未果,又给孩子报名参加了管乐队。老王说,在乐团,吹管乐是要发营养补助费的,这证明儿童不适合学管乐。

女儿示意父亲不要废话,不要干扰她对于孩子成才的长远部署。

孩子做了一天的功课,有点儿疲劳,还有点儿咳嗽,又惦记着饭后玩一会儿电脑游戏,吹得有些心不在焉。——许多父母的育儿壮志都是毁在电脑游戏软件手里的。

于是孩子的管子吹得忽快忽慢,断断续续,忽高忽低,呜呜咽咽,找不着调,更没有节奏,而女儿家养的一只比格狗,随着萨克斯管的动静,伸直了脖子,跟着惨叫。老王听着就像听到人与狗的同声哭泣一样。

于是女儿训斥孩子吹得不好,并声言,由于吹得没有进步,再加吹五遍。于是孩子无边无沿地继续吹下去,狗也声声断断地哭下去。

老王感动得几近落泪。他伤感地说:“我相信,这支曲子的名字一定是《悲惨的童年》。”

女儿大惊,说不是呀,这首曲子的名字是《好日子》!

老王也没有想到,他很不好意思,他觉得自己的鉴赏乐曲的能力实在是太差了。

## 16. 动　物

冬天,老王到乡下小住。他每天都看见牛、羊、驴、骆驼、鸭、鹅、鸡、喜鹊、麻雀,等等。

牛显得有些畏缩,躲在山坡上俯首吃草,偶然发出一点儿声音也含含糊糊,信心不足。

羊群一副乱乱哄哄等待驱赶的自由化模样,它们从来不知道自己要到哪里去,不能到哪里去,是在向哪里去,不是在向哪里去。

驴觉得自己是男高音歌唱家吗?动不动引吭高歌,充满了阳刚之气呢。

骆驼在家养动物中体块太高大了，由于太大，就显得傻。

鸭子比较朴实亲切，眼睛向下，与大地水塘亲密无间。它们走起路像时装模特儿，但是不像时装模特儿那样矜持。

鹅当然高贵啦，它们的级别与一般动物不一样吧？

鸡太累，活一天寻食一天，活到老，寻食到老，它们祖祖辈辈饥饿得太久了，它们怎么从来不享受生活呢？

而喜鹊是怎么回事，老王始终捉摸不透，呼啦啦一飞一大片，成百上千，遮天蔽日，还发出庄严的叫声，然后，同样没来由地销声匿迹了，不知去向了。

老王觉得自然界很有意思，动物很有意思。

他忽然想，这些动物又会怎样看自己呢？自然界又将怎样包容人类呢？

## 17. 骆　驼

在各种动物中，最最令老王不能忘怀的还是骆驼。

它们高大，它们冷漠，它们伸着脖子，它们沉静而且孤独。在一片荒草上，只有两峰骆驼，从早到晚，它们站立在那里，从来没有任何交流，如果是两只狗两只猫两只鸟，不知会热闹多少呢！

老王想，骆驼是高人，是思想者，是观察者，是启示者，是一种境界，是一种象征，是意志也是智慧，是榜样更是神话。

老王想起了自幼得知的骆驼的多种优点：忠诚、刻苦、坚忍、踏实、任劳任怨，等等。

真好啊，老王感动得涕泪交加。

## 18. 手　杖

老王近年来常游名山，每到一处攀登前就买一根手杖，有野藤的，有橡木的；有枣木的疙里疙瘩，有核桃木的油光平顺；有龙头拐杖，有蛇尾木杖；有的轻，有的重；有的古朴，有的时髦；有的坚硬不屈，有的柔韧随和；有贵的，一根手杖价格超过百元，有贱的，一根手杖砍砍价花上十块八块也就行了。每次买手杖的时候他都想：唉，家里积存的手杖也太多了，下次出门旅行之前一定准备好手杖带上，何必再多买一根呢！而每回出门以后他总会发现:又忘了带手杖了。

这样,老王家的手杖愈来愈多,堆在一起占老大的地方。

朋友来老王家,看到这么多手杖,十分惊奇。老王解释说自己健忘,每次登山都要买新手杖,另外说,山没法搬到家来,但可以把名山上出的树木制作的手杖带回家来,倒也不错。

不知怎的,老王喜爱手杖之说从此传开。张三多年不见,前来看望时带来一根手杖;李四有事相求,来访时带来另一根佳杖;人事科长春节来送温暖带来一根巨杖;红领巾社区内部学雷锋,前来慰问老人时带一根手杖……

最后搞得电视台记者也来采访,把老王定性为手杖收藏家,把收藏定位为全面奔小康的气象之一种。老王也颇感欣然,在电视节目中频频曝光。只是老友们反映,见了老王的特写镜头,深感他苍老得厉害,留言要他多多保重云云。

## 19. 茶花女

老王到国家大剧院看了新版歌剧《茶花女》,他想不到的是一面看一面回忆过去,回忆自己的青年时代。

那时看个歌剧——尤其是意大利歌剧——是个不寻常的事。他是在青年宫看的,东单青年宫原名美琪电影院,后更名青年艺术剧院。后来拆了。

那时候青年宫的名称带点苏联味道。当时是最好的剧场之一,剧场里有香味。休息室里卖饼干和汽水,还卖书。老王至今保存的两册《古文观止》就是从青年宫买的。

第一次看《茶花女》,女主角是张权演的,男主角是李光羲。导演是苏联来的吧?

这样的歌剧像一个美梦。华丽的乐队,华丽的服装,华丽的舞台布景,辉煌的吊灯,动人心弦的故事与唱腔。他隐隐约约觉得那是另一个世界,现代的与文艺的,欧洲的与端庄的,是一种类似上流社会的存在……那时候他还破衣烂衫、瘦削恐惧、灰头土脸。他在这个世界里自惭形秽,觉得自己不配……

张权的命运是曲折的,世界的命运是曲折的,剧院的命运也是曲折的。不见得比薇奥列塔好到哪里去。

不,毕竟还是比薇奥列塔与阿尔弗莱德强。

而现在的演出，现在的剧场、演员、舞美，连同灯光，牛了老鼻子啦。看看观众穿的衣裳，不比舞台上的人差。

而我还能重温过往。

最后最后了，他忽然又起了疑惑：不会是青年宫吧，也许是天桥大剧院？记忆力啊，要命的记忆力啊。

第三辑

# 新疆的歌

# 春天的心

春天的心活在春天的人的身体里。

春天的心是活跃的,生机蓬勃的,充满了活着的力量。春天使人爱生活:看呀,桃花的骨朵,柳枝的嫩芽,牛毛似的小雨帘子般地挂着,一切多美,生活本身是可爱的呀。听呀,池水的潺潺像低唱一首甜蜜的恋歌,晨鸟的啾啾像喁喁的情话,远处的孩子们唱了:

青草生
花儿红
斜风细雨里
老牛驮着牧童……

这嘹亮的歌声使春天的心朦胧了,沉醉了。

嗅呀! 翘起鼻子,刚下完雨的潮湿气息钻进你的鼻孔，使你的心痒痒的。玩吧，跳吧，高歌吧，舞蹈吧，暂时忘掉你的痛苦。我们都是小孩子，应该有小孩子的心，而小孩子的心便是春天的心呀！

春天的心又是懒洋洋的一股子劲儿。朋友，你可晒过春天的太阳？倚着树、靠着墙，闭上眼睛，让金黄色的太阳从头至脚抚摸你，你感到和暖，你感到舒适，身子散了，软了，像棉花一样；身子轻了，没有丝毫重量。于是你的身躯自然地摇摆着，飘，飘，飘到天空里，坐在白云上，和云雀一同唱歌，和风筝一同跳舞。说起风筝，你可常听到风筝铜铃寂寞的嗡嗡的声音？还有远处的空竹声也是相像的。它使你每个细胞都酥软了，它使春天的心荡漾在那声波里。听到之后你或者便颓然卧在草地上，让小野花的黄蕊洒在你的鼻孔里；你或者会兴奋地跳起来，喊着说："我们生活在春天里，我们生活在阳光里，我们生活在春天的阳光里！"本来嘛……

春天的心是美好的，善良的，纯洁的。因为美以大自然的为最美，而大自然的美表现在春天。你知道春山：远望苍翠欲滴，郊外踏青便是为了欣赏春山呀。你知道春水："风乍起，吹皱一池春水"。你知道春花春草，流行歌曲不是这样唱吗？

“春天的花，是多么的香”；通俗的对子，不是这样写吗？“又是一年芳草绿，依然十里杏花红”。你知道春雨：“帘外雨潺潺，春意阑珊”“细雨梦回鸡塞远，小楼吹彻玉笙寒”。你知道春宵：“今夜偏知春气暖，虫声新透绿窗纱”，以及什么“月移花影上栏杆”……好了，这些歌颂春天的句子是实在写不完的。人在这美的结晶里，丑恶的会变成美善，污浊的会变成纯洁。春天本身便是诗，何待写她在纸上？而春天的心，便是诗里的诗了。

虽然如此，春天的诗和含苞待放的春花一样，和刚伸出头来的草一样，是幼稚的，是脆弱的。她是才入世的小娃娃，而不是千锤百炼的勇士；她是呢喃轻舞的小燕，而不是在狂风暴雨里挣扎的海燕；她是小花而非大树，诗歌而非枪炮（请恕我这句话似乎包括对诗歌的不敬）。但是，春天要被更成熟、更热情、更坚强的夏天代替，春天的心也变成钢铁的心了。

发表于《一九四八年北平平民中学年刊》1948年

# 你好，新疆！

从一九六三年到一九七九年，我在新疆生活了十六年，从二十九岁到四十五岁，在这亲爱的第二故乡度过了我生命的最好时光。国内外都有些热心的朋友，谈到我一九五七年后的经历时，强调我的命运坎坷、不幸。然而，仅仅说什么坎坷和不幸是不公正的，在新疆的十六年，就充满了欢乐、光明、幸福而又新鲜有趣的体验。

一九六五年，我来到伊犁巴彦岱公社。语言不通，形影相吊，开始的时候，陪伴我的只有自己那个小小的行李卷和一对在梁上做巢的新婚的燕子。然而，维吾尔族的乡邻父老像迎接自己的子弟一样迎接了我。每天，我喝着阿帕(维吾尔语，"妈妈"之意)亲手烧的奶茶，手持坎土曼下地劳动，并且向他们的每一个男女老幼学习维吾尔语。一个字又一个词，一句话又一段话，我终于可以和他们互通心曲了。学会了维吾尔语,生活在维吾尔农民中间,如鱼得水。到离开这个公社的时候,我已经可以任意推开某一家的门,像推开自己的家一样了。

这真是不幸中的大幸,这甚至像是一个奇迹。我过着有意义的、充满友谊的、温暖的劳动和学习生活,积累了许多知识和生活经验。绝大多数情况下,题材、思想、想象、灵感、激情和对于世界的艺术发现来自比较——对比。了解了维吾尔族以后才更加了解汉族,学会了维吾尔文以后才既发现了维吾尔文也发现了汉文的特点和妙处,了解了新疆的雪山、绿洲、戈壁以后才更加了解东西长安街。物理学里有一个“参照物”的概念,没有参照物就无法判断一个物体的运动。在文学里,创作的辩证法里,也有类似的现象。新疆与北京互为参照,这是我的许多作品得以诞生的源泉。边疆的生活、少数民族的生活,大大地锻炼了、丰富了我的本来是非常弱小的灵魂。

我爱新疆,我想念新疆。它不但为我提供了创作的取之不尽的矿藏,它更给了我以坚定的信念。

我并没有和新疆“断线”。离开半年,今年一月，我又造访了乌鲁木齐、吐鲁番、鄯善和昌吉。我和新疆的作家一起参加少数民族文学创作座谈会的时候，大会秘书处安排住房时仍然把我当作新疆的作家。现在，又传来新疆文代会召开的消息，我的心已经飞到了乌鲁木齐南门的人民剧场。你好，新疆的同行，新疆的朋友，新疆的人民！我相信，在新长征的壮丽的进军中，新疆的文艺园地上必定会绽放出最美最香的奇花，我们将共享这劳动和创造的欢欣。

发表于《新疆文学》1980年第11期

# 清明的心弦

我喜欢北方的初冬，我喜欢初冬到郊外、到公园去游玩。

地上的落叶还没有扫尽，枝上的树叶还没有落完，然而，大树已经摆脱了自己沉重的与快乐的负担。春天它急着发芽和生长，夏天它急着去获取太阳的能量，而秋天，累累的果实把枝头压弯。果实是大树的骄傲，大树的安慰，却又何尝没有把大树压得直不起腰来呢？

现在它宁静了，剩下的几片叶子什么时候落下，什么时候飞去，什么时候化泥，随它们去。也许，它们能在枝头度过整个冬天，待到来年春季，归来的呢喃的燕子会衔了这经年的枯叶去做巢。而刚出蛋壳的小雏燕呢，它们不会理会枯叶的琐碎，它们只知道春天。

湖水或者池水或者河水，凌晨时分也许会结

一层薄冰，薄冰上有腾腾的雾气，雾气倒显得暖烘烘的。然后，太阳出来了。有哪一个太阳比初冬的太阳更亲切、更妩媚、更体贴呢？雾气消散了，薄冰消融了，初冬的水面比秋水还要明澈淡远，不再有游艇扰乱这平静的水面了，也不再有那么多贪婪的垂钓者。连鱼也变得温和秀气了，它们沉静地栖息在水的深处。

地阔天高。所有的庄稼地都腾出来了，大地吐出一口气，迎接自己的休整，迎接寒潮的删节。当然，还有瑟缩的冬麦，农民正在浇过冬的冻水，水与铁锨戏弄着太阳。场上的粮食油料早已拉运完毕，稀稀拉拉的几个人在整理谷草。在初冬，农民也变得从容。什么适时播种呀，颗粒归仓呀，那属于昨天，也属于明天。今天呢，只见个个笑脸，户户柴烟，炕头已经烧热，穿开裆裤的小孩子却宁愿待在家门外面。

这时候到郊外、到公园、到田野去吧，游人与过客已经不那么拥挤。大地、花木、池塘和亭台也显得悠闲，它们已经没有义务为游人竭尽全力地展示它们的千姿百态。当它们完全放松了以后，也许会更朴素动人，而这时候的造访者才是真正的知音。连冷食店里的啤酒与雪糕也不再被人排队争购，结束了它们的大红大紫的俗气，庄重安然。

到郊外、到公园、到田野去吧，野鸽子在天空飞旋，野兔在草地里奔跑。和它们一起告别盛夏和金秋，告别那喧闹的温暖；和它们一起迎接漫天晶莹的白雪，迎接盏盏冰灯，迎接房间里的跳动的炉火和火边的沉思絮语，迎接新年，迎接新的宏图大略。二踢脚冲上青天，还有一种花炮叫作滴溜，点起来它就在地上滴溜滴溜地转。

初冬，拨响了那甜蜜而又清明的弦，我真喜欢。

发表于《光明日报》1983年11月26日

# 夏天的肖像

丈夫走了,涛声大了。

涛声大了,风声大了,说笑声与蚊子的嗡嗡声,粗鲁的叫卖吆喝声,都更加清晰了。

涛声大了。每一朵浪花奔跑而且簇拥。欢笑、热情地扑了过来,投向绵延沉重的海岸线。而海岸是冷静的,理智得像驻外大使。它雍容、彬彬有礼、不做任何许诺。无望的浪花溅起追逐的天真。怎样奔跑过来的,又怎样忧郁地、依恋地退转回去。

这是永远的温存,永远的期待,永远的呼唤。永远地向远方、向海天一线眺望的目光。

又是电话,电话叫走了丈夫,电话比曼然的心愿更强。只来了三天。丈夫,多病的儿子,她,这是一个世界。太阳、地球、月亮是一个世界。学校、家庭、机关,这也是一个世界。她本来生活在小世界里。丈夫走了以后，大世界、大海的世界更大，而且更凸起。开阔而又陌生。

毕竟已经在海滨度过了三天。新兴的海滨旅游地，新新鲜鲜地招揽人，却又嘈杂、肮脏而且恶俗。一个莫名其妙地矗立在大道口的雕塑说是海神，曼然看着她，觉得更像是住家所在胡同口卖猪肉的大姐，那大姐当着排队的众人的面把好肉割下来，用荷叶片包起来，放在柜台下边，送给关系户。人们用耐心而又不以为然的漠然目光看着大姐一样的雕塑。游客在沙滩上在台阶上在底座上在虚假的洋灰亭子里公然拉屎拉尿，把玻璃罐头瓶砸碎踢开迎接游泳者的赤脚趾。一个长发——只像逃犯可不像港仔——小伙子和他的同伙玩三张扑克牌的赌博，吸引了一群作壁上观的游客。然而人人都穿得不错，发饰、眼镜、遮阳伞与遮阳帽花样层出不穷。人们突然迫不及待地现代化起来了，匆匆忙忙地来开发这块沉睡了千万年的海滩。

然而一走进大海就全然不同。踩上细柔的沙和硌脚的石头。闻见温润腥香的海的气味。波浪振摇聚散的黄、蓝、绿光晃弄着她的眼睛。特别是那一个又一个鲁莽而又亲切的浪头推触着拥抱着过滤着她。而风开阔自由得叫人掉泪。突然置身在一个大得没有边界的世界里,那是一种突然受到了超度的大欢喜。许多的窗户都吹开了。许多的撕落了的日历放飞起来,像满天的风筝。许多的褪了色的贺年片上的小玩偶换上新衣,眼珠活动,唱出了耗尽电池喑哑多年的圣诞曲。

便回到走到那五光十色与一片安宁的树叶里去。跳猴皮筋的时候唱起无字的歌曲。戴上红领巾与中队长臂徽指挥一个中队敲响了铁皮鼓。在日记上画了一艘帆船而且把眼泪落在船帆上。突然对爸爸和妈妈那样厌烦而宁可去问一只雨后的蜻蜓:你快乐吗?和几个同学一起不买票而挤到火车上到神秘的远方去。在春季运动会上为了得名次而摔折了胫骨。第一次懂得了友谊的刻骨铭心以及被背叛和出卖的痛苦。宣布绝交又终于和好了,忽然感觉到自己变成了一个狡猾的姑娘,便不再把自己真正的考试成绩吐露出去……这一切都已经过去了吗?这一切都存贮在大海里,等待着追寻和温习。

是不是从胎里便坐下了一种——教条?上小学以后便认定自己不应该或不能再玩羊骨拐。戴上了红领巾便不再跳皮筋。上了初中以后便不再读连环画故事。上了高中以后便一再拒绝在联欢会上表演拔萝卜舞。上了大学呢,上了大学以后便退出了篮球队与田径队。恋爱以后便不再在夏天游泳。结婚以后呢,结婚以后连电影院都很少去了。丈夫是个了不起的人,她每丢下一样稚气丈夫就升迁一次,而家里便增加一样新的设施。有二十英寸的彩色电视,它便是她的影院、舞台、俱乐部。而当八年前生了孩子以后,当孩子从小患了需要卧床休养的肾病以后,她除了丈夫和孩子以外已经什么都不要了。三十六岁的女人,她只要幸福。她已经得到了幸福。守着生病的儿子,讲起当年参加夏令营到大海里去游泳的传奇一样的旧事,这也是幸福。儿子细声细气地问道:“妈妈,真的吗?”

真的,真的,当然是真的。别怕,这里的水很浅。你踢呀,你打呀,你趴下,妈妈托住你的肚子。“咯咯咯”,你笑什么?你已经康复了,你会成为一个和别的男孩子一样有劲儿一样勇敢一样调皮的孩子。刷,刷,刷,溅,溅,溅。你说,海水好吗?对,别怕,让海水在你脖子上流,让海水从你的腰间流过,扎个猛子,让海水托着你打你的脸,让海水顺着你的每一根头发流。哈哈,当然也顺着我的头发流。你看,海多大啊,多宽啊。那里是游得好游得远的叔叔。那里是气垫,是橡皮船。有了它我们可以游很远很远,没有它我们也可以游很远很远,等你病好了的时候,也许一个夏天不够,那就两个夏天,过两个夏天你是几岁?妈妈是三十八岁。我们一直游到那个比橡皮船还远的地方。我们一直游到比那个轮船还远的地方。也许我们能一直游到天津去。什么?游到美国去?那也行,傻孩子,美国有什么好?可口可乐?岸上的倒儿爷就卖可口可乐,他们是从美国倒来的,哈哈哈。孩子喝可口可乐不好,妈给你买汽水。唔,这儿的汽水可真坏,颜色绿得像槐树虫子。那……好,你在这里吃冰棍,我往深处游一下,你数一、二、三、四,等你数到一百五十我就回来。

妈妈,你游一个远远地去!

对于海,又有什么远远的呢?又有谁能做到远远的呢?划水,蹬水,滑行,她感到了自己在海里的行进。抬头,吸气,四下里茫茫洋洋,海是我的,我是海的。每个动作都唤起海水流过她的头顶,耳朵、鼻孔、眼睛,钻过洗过摸过她的每一个部分每一块皮肤游泳衣里里外外的每一道夹缝。一下,沙,两下,沙,三下,沙,她超过了一个又一个在浅滩上嬉戏的爱海又怕海的生手。三天的时间使她的每一个关节和每一根手指脚趾都恢复了活力和轻盈,三天的时间使她的七窍和肺叶恢复了均匀剔透的畅通,三天的时间恢复了她十三年也许更多年的与海的疏远。在红领巾夏令营里她游得像一条梭鱼。那时候下海的时候高声朗诵“提高警惕,保卫祖国,要准备打仗”和“下定决心,不怕牺牲”的语录,去游泳就像去杀敌。无私的海,还有什么能像海这样在久久的疏离之后毫无保留毫无芥蒂地接受她拥抱她触弄她和洗濯她,而且引着她召唤她不停地前进呢!已经数到了七十了。可儿子会不会数得快些呢!也许数到了一百三十八。也许数过一百五十他会惊慌会哭泣会以为她已经葬身在大海里。为了安全,她给他讲过淹死人的故事。她已经惊吓过他幼小的心灵。这里人们又饶有兴味地传诵着据说是去年的海上罗曼史。说是有一对新婚夫妇度蜜月来到这里,租了一只橡皮船到深海里去。他们携带了一个西瓜,要在橡皮船上,在海浪的起伏上一起吃甜甜的多汁的西瓜。多美!新兴的寒碜而又雄心勃勃的海滨休养地宣称他们的目标是建成东方的威尼斯!然而,现代派的恶毒的舌头嘲弄着一切浪漫古典的温柔，甚至也容不下淡淡的忧伤。新郎操刀切瓜用力过猛，划破了橡皮船，船沉了，新郎新娘双双失却在海里。是殉情还是殉西瓜呢？

儿子，我回来啦。你看见我游了多远了吗？你数够一百四十九、一百五十了吗？你急了吗？妈妈，我没有数。我没有着急。我知道您一定会回来的。您游得可远了，您游远了，我再一数，您该多着急呀……

我亲爱的儿子！是你幼小卧床的经历使你懂得了被爱被照顾也懂了爱与照顾妈妈吗？该死的托儿所的二把刀医生！竟然在孩子感冒发烧的时候给孩子注射预防针。愚蠢是怎样的罪恶，它夺去了儿子那么多童年乐趣。当陌生人纷纷夸奖这个孩子真乖的时候，妈妈想大哭大闹一场！

她和儿子说得、玩得正好，世界只剩下了海、儿子和她自己。海能够代替父亲吗？海有没有父亲的性格？无所不在的海面的反光怪耀眼的。然而，以海的光为背景，她感到了出现在这里的逆光的黑影一条。

转过脸去。是他。

清晨，她起得比等着看日出的人还早。在疗养所门口，她听到一个青年人与所长的谈话。

“我想找个住的地方……”

“房间全满了。”

“我可以住会议室或者仓库或者食堂或者随便什么地方……实在不行，您能允许我在树底下廊檐底下露宿也可以，我交钱。”

沉默了一会儿。钱的力量是动人的。钱就像爱情，你越抗拒就越是无法抗拒。

“可以。你可以住在木工房里。天亮了，你就得走。天黑以后，你可以回来。一天八块。你可以在这里洗淡水澡，只要有水。”

“吃饭呢？”

“吃饭不行。我们的食堂太小，只供应在这里休养的本机关的干部……外边有的是吃的，一碗汤面一块五，包子一块钱四个……”

协议达成了。这是一个瘦削的，虽然劳顿汗垢但仍然令人觉得潇洒的青年人。潇洒的是他提起他的怪模怪样的行李的姿势。他像乐队指挥在演奏序曲以前那样的甩一甩头。他个子很高，脸上身上没有一点儿多余的块块条条。眼睛有点儿小，却又像是因为矜持和礼貌而故意眯起来的。为什么要睁大眼睛呢？在面对未必欢迎你的目光的世界的时候？他向所长一笑，笑得既谦卑又骄傲。

他为什么站在那里，挡住一条条海的光，看着她呢？

她对自己的泳衣不好意思起来，拉着儿子就走。

便去吃冰激凌。农民经营的万国酒店的冷饮部。有气派的名称，有闪闪灭灭的彩灯，有淋洒饮料的机器，有大柜台与各式各样的瓶子，有霓虹灯，有天知道是哪里的“咣啷咣啷”的流行歌曲，有啤酒也有三色冰激凌。冰激凌的颜色鲜艳得过分便显得伪劣，吃到嘴里黏牙，莫非是放多了面粉？

她便去冲淡水澡，一会儿有水，一会儿没有。一会儿水冷得刺骨，一会儿烫得她大叫。真是绝了。

她便和伙伴们一起玩扑克牌。牌老是出错，竟把红心当成了方块。伙伴们取笑她在想孩子的爸爸。然而她不知道自己在想什么。在乱哄哄的夏天，在海边，在有病的儿子身旁，在三十六岁的时候，她怎么知道自己在想什么呢？想家想丈夫想再下海想休息想抓着一个大鬼？

不玩牌了，去邮电局。新盖的邮电局散发着油漆味。营业厅不小，只是到处蒙着一层尘土。

有两个外国女孩子到这里来发信。她感到羞愧，不由自主地掏出手绢擦柜台的土。然后她与丈夫通了电话。在疗养所叫电话总是叫不通。

“出了什么事？宝宝发烧了吗？”丈夫的口气里充满了惊慌。

“没有。宝宝很好。我问……”

“呵，把我吓坏了，他真的没有发烧？医生说，一定要避免感冒。而且他对青霉素过敏……”

“……”

“那你打电话干什么呢？有什么别的事吗？安全方面怎么样？没有把粮票钱票弄丢吧？在我回来以前，你一个人最好不要下海，下海也不准离岸超过五米。太危险！这可不是闹着玩的！安全第一！安全第一！你有什么事？你方才说你问，你要问什么呢？我刚开会呀，现在还在开会呢。”

她很抱歉，她放下了电话，交了四块多钱。无缘无故地打长途，又干扰丈夫的工作又浪费钱。她太不对了。

便回房间，听正在施工的掘土机的轰响，闻柴油燃烧所释放的气体。听小贩叫嚷：“包子！包子！大馅的包子！一块钱四个！”“盒饭！盒饭！两块钱一份！”“照相来！照相来！柯达彩色照片！”

晚上一处红红绿绿的霓虹灯闪烁的地方说是有歌舞表演。歌舞团才组织起来三个月，大多是农民的女儿。看着农民的女儿们穿着超短裙、高跟鞋，烫着头发抹着口红拿着话筒说着“谢谢，谢谢……”在架子鼓和电吉他的伴奏下唱起邓丽君唱剩下的歌！“银河，银河……伴着我……”曼然不知道是有趣还是肉麻，是热闹还是寂寞。

她领着孩子走出来，心想，也可以睡了。在家里过去一般是十一点睡觉，有了孩子便陪孩子早睡，十点睡过，九点半睡过，九点也睡过。那年夏天，孩子病得最厉害的时候，一天傍晚乌云密布，雷雨交加，孩子要睡，丈夫出差开会，她便在八点多陪孩子睡下了。刚睡下不久，阵雨过去，雨过天晴，夕阳竟又把世界照得亮亮的。她醒了，看着窗外的耀眼阳光，一时竟以为已经是睡到了第二天早上——原来长长的一夜还没有开始呢！

在与自己住的休养所相邻的一幢大楼里，传出来极悦耳的钢琴声。她停住了。

看门人向她做出一个“请进”的手势，她进去了。

她来到大厅。只有二十几个观众。一位女钢

琴家正在用不知道多少个的手指揿动琴键，发出令人沉醉的高雅的声音。

她屏气静神。钢琴，竟然也成了已逝的往事。小时候她还练过琴、想过琴呢。一上中学她就断然与钢琴告了别。她呆住了。她没有想到超出周围的环境与人之上，这里竟有真正的艺术家。她静听着潮水一样、风一样、马蹄一样的琴声。琴声一阵又一阵地弹过来又弹出去，好像一只在树林里迷了路的鸟，东飞西撞，急切而又天真，偏偏找不到飞向天空的路。鸟变得急躁、失望、痛苦。鸟的翅膀已经扇不动了，鸟落到了积满落叶的地上……那钢琴家的容貌和神态尤其令她动心。是不是上中学、梳两条辫子的时候她听过她的演奏呢？那时候她用吃早点节省下来攒下来的钱去买音乐会的票。那一位女钢琴家也是穿着黑色的连衣长裙，头发上系着一根丝带。她好像忘记了自己身在何处和正在做什么。好像正有一个感觉从她的身体深处灵魂深处升起。那样痛楚，那样紧皱，那样切割，那样逗弄，那样纠缠地甜蜜，而又那样地舒展自由。你要仔细地端详，努力去发现她随着音乐不断变化的表情，那种自身比钢琴还灵敏的对于手指的感应。她是笑了吗？痛苦了吗？紧张了吗？迷恋了吗？摇头了吗？闭眼睛了吗？用力了吗？快乐而又满足了吗？她的表情似乎和音乐一样微妙、变化多端、不可思议而又令人落泪，令人兴奋激扬。她的神圣体验把十一岁的小学生曼然带入了一个彼岸的世界。

像旧梦的重温。像打开了一间封闭已久的房屋。像找到了一封遗失多年的来信。曼然盯住了钢琴家，随着钢琴家神情的变化而变化起自己的神情来。

我真羡慕呀：曼然不知道自己是不是说出了声。

又一个新的曲子开始演奏了。曼然竖起耳朵捕捉着这陌生的旋律——有什么办法呢，很长时间，她没有听过正经的音乐特别是钢琴曲了。丈夫回到家，顶多听听通俗歌曲和电影插曲。

“是B小调奏鸣曲，李斯特的。”旁边似乎有人轻声告诉她。

她略一旁视，才发现身旁坐着的是那个住木工房的潇洒的年轻人。他也在这里！

他们一起走回休养所，随便说了几句后来完全记不起来的话，分手时还说了“再见”。要不要说“晚安”呢？似乎太洋了一点儿。

第二天他来敲她的门。那时她吃过早饭，正与儿子下动物棋。

“我想给您画一张像。我是美术学院的教师，这是我的工作证。”他说，公事公办，很严肃。

“不，对不起，我不同意。”她立即拒绝，而且慌乱起来。

“真的不可以吗？”

“嗯。您为什么要画我呢？您可以画别人。”

年轻的画家毫无表情地转身而去。

她心慌意乱。和儿子下棋的时候竟把大象往老鼠的嘴下送，又把狮子当成了豹子，给她画一张像？这么说，她有什么值得入画的吗？为什么不去给那个女钢琴家画像呢？还没有见过比她更美丽更动人的人。而自己，自己又有什么可画的呢，她将在画家的画笔和颜料下，留下什么样的形象呢？昨晚还和人家并排坐着听音乐，并听取人家的介绍。而今天突然这样不讲礼貌地拒绝了。连考虑都没有考虑，连一声“让我考虑考虑”都没说就断然拒绝。难道有什么断然拒绝的道理或者规定吗？有什么不好呢？即使是被一个陌生人画进了自己的画。真是从小就不知不觉地变成了不折不扣的教条主义者了呀……再也不会有这样的机会了。

“我想给您画一张像,可以吗?”

一连几个小时他的问话、他的声音都在耳边回旋。那声音似乎是黏重的,滞留在空气里和她的耳朵里,难以消除。在下午游泳的时候,在游离了海岸一百五十米以后,在有规律的划水蹬水声中,她突然听见海浪轻轻地说:

“给您画一张像,可以吗?”

可以,可以,她要大喊。欢迎!欢迎!谢谢你!谢谢你!为什么不给我画像呢?就画我在海边,在海里。就画我穿着泳装。就画我跳猴皮筋。就画我坐在音乐厅的软椅上听音乐。就画我弹钢琴或者开飞机或者在空中跳伞吧。我还没有那么老,我还活着。我的手臂划水的时候还憋足了力量,我还分明受到了海潮的鼓动与催促。我分明感受到了大海是如许温热。我还像李斯特的钢琴曲一样的热烈和活泼。

“给您画……可以吗?”

不,我不同意。她却是这样回答。是谁命令她这样回答的?

一阵激动。她呛了一口水,咳嗽起来。她忽然一闪念,也许就是这一次了,她将沉没在汪洋大海里。她将晕倒，呛水，抽筋，恐怖地挣扎，愈挣扎愈陷入海底。十几分钟以后——也许用不了那么长时间，她的身体将会轻轻静静地漂浮上来，她将变得苍白、浮肿，像一块被浸泡的面包，她将受到惊呼，受到痛惜。她的儿子将呆呆地望着已经永远失去的母亲。她的丈夫将哽咽着跺脚：真是胡闹，真是胡闹！临走时我早就嘱咐过她，我不在，你不要下海！你不得下海！绝对不准下海！一片混乱。然后，她被忘记，她没有留下肖像，连一张理想的照片都没有。所以世界照常运行，连丈夫和儿子也将接受这一切并且习惯下来。画家也将把她忘记。她有生以来本来也没有引起过任何画家的注意。这究竟有什么不好呢？反正人总是要死的，老得不成样子了麻麻烦烦地去死，往鼻子里插管子，割开喉头，不间断地输氧，一身屎、尿、褥疮，然后在手忙脚乱的假惺惺的抢救之后彻底完蛋，又比淹死在大海里好在什么地方呢？

这实在是一个非常勇敢非常美好的幻想……可惜的是，她摆脱不了俗套，摆脱不了那把她拴在岸上的铁的法则。怎么游出去的，便又怎么乖乖地游了回来。往大海深处游去的时候又兴奋、又壮丽、又紧张、又骄傲。往回游的时候，又安全、又忧伤、又单调、又疲乏。就像高高昂起了倔强的头颅，却又深深地把头低了下去。

晚上儿子突然发起烧来。乖儿子一再说："妈妈，您别着急，我没有什么。"孩子的懂事更使妈妈心疼，曼然掉下了泪来。她找休养所所长，又麻烦了服务员、司机，找来一辆面包车。从木工房里跑出来年轻的画家，他也在一边帮忙，意欲助人为乐，好像也有他的什么事似的。曼然几乎是粗暴地把他轰走了。然后到一家部队的医院。然后说好话，亮牌子，说明儿子的爸爸是谁是谁。休养所所长还暗示他们曾经帮助这家部队医院解决过名牌白酒和新鲜对虾。便给孩子临时在病室走廊加了一张床，静脉打点滴，生理盐水、抗生素和葡萄糖。医生说这个海滨的发病率非常之高，高烧拉肚子的人比比皆是。食品卫生是一个大问题。曼然不住地点头，完全赞成医生的看法而且认为这些看法与儿子的病一样的重要。

后来孩子就睡着了，医生也去睡了。病房里的所有病人与病人家属都睡得很香，好像根本不存在什么恼人的病。当然，所长、司机、服务员与面包车早已走掉了。只有曼然难以入睡，她摸着儿子的发热的额头，痛苦地感觉到这场病是上天对她的惩罚。游泳游的,她的心太野了。

第二天天亮以后儿子病就好了。回去休息,巩固一下,再吃点消炎药,退烧药备用,发烧时再吃,不烧就不吃。面包车便又来了,只有司机和年轻的画家。画家赶忙解释说:“所长让我来的。别人,白天脱不开身,您去办手续,我帮您抱孩子。”

孩子平安地回到了休养所。妈妈不停地给孩子讲小时候已经讲过许多遍的孔融让梨与猴子捞月亮的故事。给孩子的爸爸又打了一个电话,她向丈夫忏悔,她没有照顾好孩子,她没有完成任务,她对不起他们父子。恰恰丈夫也要打电话来,说是这个会以后又有一个新安排的会,必须去。这就是说,他不可能再回来陪她休息。怎么变成了陪我?她不解地想。便说等孩子的康复一巩固便马上回家,而且她加了一句:“我再也不下海去游泳了。”

第三天上午十点四十四分的回城火车。吃过早饭以后,画家拿来一张炭画素描。画的是那个女钢琴家,她高雅地坐在琴凳上,目光那么含蓄,那么深情,那么遥远,好像有许多话要说。微微偏着头,那角度和阴影令人赞叹。

“如果您喜欢,就把它留下吧。”画家毕恭毕敬地、温柔地说。

“您画了那个钢琴家！真难得，只不过听了一晚上的曲子。您画的这个角度，这个神态实在是太好了！”曼然十分友好地说。

“您再看一看……您再看一看……”画家请求说。

“是的，这衣裳和琴凳画得也非常好，整个气氛非常协调……”

“我不是说这个……”画家的声调似乎有点儿急躁。

“您难道看不出来……”画家又说，“我画的是您吗？您和那位女钢琴家，双胞胎一样的相像。您的眼睛您的神态比她的还更富有情感……对不起，我并不认识您，我也许不应该这样画。我请求为您画像，遭到了您的拒绝……但我还是画了。如果您生气，就把它毁了吧。再见。您好像给孩子穿得太厚了……祝您好。”

离去的时候曼然才意识到，自己对这个新兴的海滨旅游点的腹议是太苛刻了。最重要的是这里有海，有人，有涨潮与落潮。连那吵吵闹闹推推搡搡肮肮脏脏也叫人心疼。农民的女儿扭着腰肢唱邓丽君又有什么不可以呢？了不起的钢琴，离着真正欣赏你，还远得很。那些高雅的绅士淑女，那些伟人，如果落到了我们的农民我们的百姓的境遇，也许表现出来的风度还不如他们。谁也没有权利抱怨和责备别人，正像没有权利抱怨和要求退还自己脚下的土地。这是多么可爱的土地哟！

她怀着完全谅解、疼爱和留恋的心情在火车站台上徘徊。她东张西望，等待着，等待着。离开车只有十分钟了，广播喇叭在催促“送客的同志赶快离开车厢”。列车员示意要她迅速上车。她仍然蛮有把握地等待着。直到最后一分钟她仍然相信，他会来的。那个素昧平生的画家孩子会来的。是他发现了她，了解了她在海里、在钢琴演奏的时刻乃至孩子生病的时刻所感觉到的一切。他画的那个“她”的目光里有多少含蓄的渴望和飞不出茂林的鸟的痛苦，那圣洁的面容正是她梦寐以求的。那肖像才是真正被找出来的她！她愿意为这样的面容这样的目光去死。这次，在车站上，在临别的时刻她要接受他的赠画。然后，她也要去弹钢琴，她也要去作画。她将欢迎他再画自己，她可以为他的绘画端坐四十分钟或四百四千分钟。她还要再问问自己，你是怎么样的，你能够是怎么样的。她要握紧他的手,说一声“谢谢你”。

火车开了。她恍惚看到那画家奔跑而来,那个画上的更好的她奔跑而来。她向他们招一招手。她知道这一年的夏天已经离她而去。

发表于《作家》1988年第3期

# 坚硬的稀粥

我们家的正式成员包括爷爷、奶奶、父亲、母亲、叔叔、婶婶、我、妻子、堂妹、妹夫，和我那个最可爱的瘦高挑儿子。他们的年龄分别是八十八岁、八十四岁、六十三岁、六十四岁、六十一岁、五十七岁、四十岁、四十岁……十六岁，梯形结构合乎理想。另外，我们有一位比正式成员还要正式的不可须臾离之的非正式成员——徐姐。她今年五十九岁，在我们家操持家务已经四十年，她离不开我们，我们也离不开她。而且，她是我们大家的“姐”，从爷爷到我儿子，在徐姐面前天赋人权，自然平等，一律称她为“姐”。

我们一直生活得很平稳，很团结。包括是否认为今夏天气过热，喝茶是喝八块钱一两的龙井还是四毛钱一两的青茶，用香皂是用白兰还是紫罗兰还是金盾，大家一律听爷爷的。从来没有过意见分歧，没有过论证争鸣相持不下，没有过纵横捭阖、明争暗斗。连头发我们也是留的一个式样，当然各分男女。

几十年来，我们每天早晨六点十分起床，六点三十五分徐姐给我们准备好了早餐：烤馒头片、大米稀饭、腌大头菜。七点十分，各自出发上班上学。爷爷退休以后，也要在这个时间出去到街道委员会值勤。中午十二点，回来，吃徐姐准备好的炸酱面，小憩一会儿，中午一点三十分，再次各自出发上班上学。爷爷则午睡至三点半，起来再次洗脸漱口，坐在躺椅上喝茶读报。到五点左右，爷爷奶奶与徐姐研究当晚的饭。研究是每天都要研究的，而且不论爷爷、奶奶还是徐姐，对这一课题都兴致勃勃；但得出的结论大致不差：今晚上吗，就吃米饭吧。菜吗，一荤、一半荤半素、两素吧。汤呢，就不做了吧。就做一回吧。研究完了，徐姐进厨房，噼里啪啦响上三十分钟以后，总要再走出来，再问爷爷奶奶："瞧我糊涂得，我忘了问您老二位了，咱们那个半荤半素的菜，是切肉片还是肉丝呢？"这个这个，这确实是一个重大的问题。爷爷和奶奶互瞟了一眼，递了个眼色，然后说："就吃肉片吧。"或者说："就吃肉丝吧。"然后，意图得到了完满地贯彻。

大家满意。首先是爷爷满意。爷爷年轻时受过许多苦。他常常说:“顿顿吃饱饭,穿囫囵衣裳,家里有一切该有的东西,而又子孙团聚,身体健康,这是过去财主东家也不敢想的日子。你们哪,可别太狂妄了啊,你们哪里知道挨饿是啥滋味?”然后爸爸妈妈叔叔婶婶都声明说,他们没忘记挨饿的滋味。饿起来腹腔胸腔一抽一抽的,脑袋一坠一坠的,腿肚子一沉一沉的,据他们说饿极了正像吃得过多了一样,哇哇地想呕吐。我们全家,以爷爷奶奶为首,都是知足常乐哲学的身体力行者与现今体制的忠实支持者。

这几年情况突然发生了变化。新风新潮不断涌来,短短几年,家里突然有了彩电、冰箱、洗衣机。而且儿子说话时常出现英文单词,爷爷很开明开放,每天下午午睡后从报纸上、晚饭后从广播和电视里吸收新名词新观念。他常征询大家的意见:“看咱们家的生活有什么需要改革改善的没有?”

大家都说没有,徐姐更是说,但愿这样的日子一代一代传下去,天天如此,年年如此,世世代代,永远如此。我儿子于是提了一个建议,提议以前挤了半天眼睛，好像眼睛里爬进了毛毛虫。他建议，买个收录机。爷爷从善如流，批准了。家里又增添了红灯牌立体声收录机。刚买时大家很高兴，你讲一段话，他唱一段戏，你学个猫叫，她念一段报纸，录下来然后放出音来，一家人共同欣赏欢呼鼓掌，认为收录机真是个好东西，认为爷爷的父辈祖辈不知收录机为何物，实在令人叹息。两天以后就降了温。买几个“盒儿带”来，唱得还不如收音机电视机里放送的好。于是，收录机放在一边接土蒙尘。大家便认识到，新技术新器物毕竟作用极为局限，远远不如家庭的和谐与秩序更重要。不如老传统更耐用——还是“话匣子”好哇！

那一年决定取消午睡，中午只休息四十分钟到一小时，很使全家骚动了一阵子。先说是各单位免费供应午餐，令我们既喜且忧，喜的是白吃饭，忧的是不习惯。果然，吃了两天就纷纷反映上火，拉不出屎来。没有几天，宣布免费供应的午餐取消，叫人迷惑。这可怎么办呢？爷爷教育我们处处要带头按政府指的道儿走，于是又买饭盒又带饭，闹腾了一阵子。徐姐也害得失眠、牙疼、长针眼、心律不齐。不久，各机关自动把午休时间延长了。有的虽不明令延长却也自动推后了下午上班时间，但没有推后下班时间。我们家又恢复了中午的炸酱面。徐姐的眼睛不再起包儿，牙齿不再上火，睡觉按时始终，心脏每分钟七十到八十次有规律地跳。

新风日劲、新潮日猛，万物动观皆自得，人间正道是沧桑。在兹四面反思含悲厌旧，八方涌起怀梦维新之际，连过去把我们树成标兵模范样板的亲朋好友也启发我们要变动变动，似乎是在广州要不干脆是在香港乃至美国出现了新的样板。于是爷爷首先提出，由元首制改行内阁制度，由他提名，家庭全体会议（包括徐姐，也是有发言权的列席代表）通过，由正式成员们轮流执政。除徐姐外都赞成，于是首先委托爸爸主持家政，并决议由他来进行膳食维新。

爸爸一辈子在家里是吃现成饭、做现成活（即分派给他的活）。这回由他负责主持做饭大业，他很不好意思也很为难。遇到买什么样的茶叶做不做汤吃肉片还是肉丝这样的大事，一概去问爷爷。他不论说什么话做什么事，都习惯于打出爷爷的旗号。"老爷子说了，蚊香要买防虫菊牌的。""老爷子说了，洗碗不要用洗涤剂了，那化学的玩意儿兴许有毒，还是温水加碱面又节省又干净。"

这样一来就增加了麻烦。徐姐遇事问爸爸，爸爸不做主，再去问爷爷，问完爷爷再一口一个老爷子说了向徐姐传话，还不如直接去问爷爷便当。直接去问爷爷吧，又怕爸爸挑眼而爷爷嫌烦，爷爷嫌烦也是真的，几次对爸爸说："这些事你做主嘛，不要再来问我了。"于是爸爸告诉徐姐："老爷子说了，让我做主，老爷子说了，不让我再问他。"

叔叔和婶婶有些窃窃私语。说了些什么，不知道。但很可能是既不满于爸爸的无能，又怀疑爸爸是不是拉大旗、假传圣旨，也不满于爷爷的不放手，同样不满于徐姐的啰唆，乃至不满于大家为何同意了实行内阁制与通过了爸爸这样的内阁人选。

爷爷有所觉察，好好地开导了一次爸爸，说明下放权力是大趋势。爸爸无奈，答应不再动辄以爷爷的名义行事。爸爸也来了一个下放权力，明确做不做汤与肉片肉丝之间的选择权全由徐姐决定。

徐姐不答应。我怎么做得了主啊，她垂泪垂涕辞谢，惶恐得少吃了一顿饭。但大家都鼓励她："你在我们家做了这么多年了，你应该有职有权嘛！你管起来吧，我们支持你！你想买什么就买什么，你想做什么就做什么，你给什么我们就吃什么，我们信任你！”

徐姐终于破涕为笑，感谢家人对她的抬举。一切照旧，但人们实际上都渐渐挑剔起来。都知道这饭是徐姐一手操办的，没有尚方宝剑为来历为依据，从下意识的不敬开始演变出有意识的不满意。首先是我的儿子，接着是堂妹堂妹夫，然后是我妻子和我，开始散播一些讽刺话。“我们的饭是四十年一贯制，快成了文物啦！”“因循守旧，墨守成规，凝固僵化，不思进取！”“我们家的生活是落后于时代的典型！”“徐姐的局限性太大嘛，文化素质太低嘛！人倒是好，就是水平太低！想不到我们家80年代过着徐姐水平的生活！”

徐姐浑然不觉，反倒露出了些踌躇满志的苗头。她开始按照她的意思进行某些变革了。首先把早饭里的两碟腌大头菜改为一碟分两碟装，把卤菜上点香油变成无油，把中午的炸酱由小碗肉丁干炸改为水炸，把平均两天喝一次汤改为七天才喝一次汤，把蛋花汤改为酱油葱花做得最简陋的“高汤”。她省下了伙食钱，买了些人参蜂王精送到爷爷屋里，勒我们的裤带向爷爷效忠，令我们敢怒而不敢言。尤其可恶的是,儿子汇报说,做完高汤,她经常自己先盛出一碗葱花最多最鲜最香的来,在大家用饭之前先饮为快。还有一次,她一面切菜一面在厨房里嗑瓜子吃,儿子说,她一定是贪污了伙食费。“权力就是腐蚀,一分权力就是一分腐蚀,百分之百的权力就是百分之百的腐蚀。”儿子振振有词地宣讲着他的新观念。

父亲以下的人未表示态度。儿子受到这种沉默鼓舞,便在一次徐姐又先喝高汤的时刻向徐姐发起了猛攻:“够了,你这套低水平的饭!自己还先挑葱花!从明天起我管,我要让大家过现代化的生活!”

虽然徐姐哭哭闹闹,众人却没说什么。大家觉得让儿子管管也好,他年轻,有干劲儿,有想法,又脱颖而出,符合成才规律。当然,包括我在内,还是多方抚慰了徐姐:“你在我们家做饭四十年,成绩是主要的,谁想抹杀也抹杀不了的!”

儿子非常激昂地讲了一套理论:“咱们家吃饭是四十年一贯制,不但毫无新意,而且有一条根本性的缺陷,碳水化合物过多而蛋白质不足。缺少蛋白,就会影响生长发育,而且妨碍白细胞抗体的再生与活力。其结果,也就造成国民体质的羸弱与素质的低下。在各发达国家,人均日摄取的蛋白质是我国人均日摄取量的七倍,其中动物蛋白是我们的十四倍。如此下去,个儿没人家高,体型没人家好,力气没有人家大,精神没有人家足。人家一天睡一次,四五个小时最多六个小时就够用了,从早到晚,精气神十足。我们呢,加上午觉仍然是无精打采。

言者为之动火,听者为之动容。我一则以惊,一则以喜,一则以惧。惊喜的是不知不觉之中儿子不但不再穿开裆裤不再叫我去给他擦屁股而且积累了这么多学问,更新了这么多的观念,提出了这么犀利的见解,抓住了这么关键的要害真是天若有情天亦老,人间正道是儿强!真是身在稀粥咸菜,胸怀黄油火腿,吞吐现代化之八方风云,覆盖世界性之四维空间,着实是后生可畏,世界归根结底是他们的。惧的是小子两片嘴皮子一碰就把积弊时弊抨击了个落花流水,赵括谈兵,马谡守亭,言过其实,大而无当,清谈误家,终无实用。积我近半个世纪之经验,凡把严重的大问题说得小葱拌豆腐一青二白千军万马中取敌将首级如探囊取物易如反掌都不用翻者,早晚会在亢奋劲儿过去以后患阳痿症的!只此一大耳儿,为传宗接代计，实瘘不得也！

果然，堂妹鼻子眼里哼了一声，嘟囔道："说得倒便利！要是有那么多黄油面包，我看现代化也就完成了！"

"啊？"儿子正在气盛之时，大叫，"好家伙！60年代尼·谢·赫鲁晓夫提倡土豆烧牛肉的共产主义，80年代姑姑搞面包加黄油的现代化！何其相似乃尔！现代化意味着工业的自动化、农业的集约化、科学的超前化、国防的综合化、思维的任意化、名词的难解化、艺术的变态化、争论的无边化、学者的清谈化、观念的莫名化和人的硬气功化即特异功能化。化海无涯，黄油为楫。乐土无路，面包成桥！当然，黄油面包不可能像炸弹一样由假想敌投掷过来，这我还不知道吗？我非智障，岂无常识？但我们总要提出问题提出目标，国之无目标犹人之无头，不知其可也！"

"好嘛好嘛，大方向还是一致的嘛，不要吵了。"爷爷说，大家便不再吵。

吾儿动情图治，第二天，果然，黄油面包摊鸡蛋牛奶咖啡。徐姐与奶奶不吃咖啡牛奶，叔叔给她们出主意，用葱花炝锅，加花椒、桂皮、茴香、生姜皮、胡椒、紫菜、干辣椒，加热冒烟后放广东老抽、虾子酱油，然后把这些“哨子”加到牛奶咖啡里，压服牛奶咖啡的洋气腥气。我尝了一口，果然易于承受接受多了。我也想加“哨子”，看到儿子的杀人犯似的眼神，才为子牺牲口味，硬灌洋腥热队。唉，“中国小皇帝”呵！他们会把我国带到哪里去？

三天之后，全家震荡。徐姐患急性中毒性肠胃炎，住院并疑有并发肠胃癌症。奶奶患非甲非乙型神经性肝硬化。爷爷自吃西餐后便秘，爸爸与叔叔两位孝子轮流伺候，用竹筷子粉碎捅导，收效甚微。堂妹患肠梗阻，腹痛如绞，紧急外科手术。堂妹夫牙疼烂嘴角。我妻每饭后必呕吐，把西餐吐光后回娘家偷偷补充稀粥咸菜，不敢让儿子知道。尤为可怕的是，三天便花掉了过去一个月的伙食费。儿子声称，不加经费再供应稀粥咸菜亦属不可能矣！事已至此，需要我出面，我找了爸爸叔叔，提出应立即解除儿子的权柄，恢复家庭生活的正常化！

爸爸和叔叔只有去找爷爷，爷爷只有去找徐姐。而徐姐住院，并且声明她出院以后也不再做饭了，如果人们感到她没用，可以赶走她。爷爷只得千声明万表态，绝无此意，而且重申了自己的人生原则。人生在世，情义为重，徐姐在我家，情义俱全，比爷爷的嫡亲还要亲，比爷爷的骨肉还要近。徐姐在我们这里一天，我们就与徐姐同甘共苦一天。哪怕家里只剩了一个馒头，一定有徐姐的一块。哪怕家里只剩了一碗凉水，一定有徐姐的三勺。发了财有徐姐的好处，受了穷有徐姐的安置，岂有用完了人家又把人蹬掉之理哉！爷爷说得激动，慷慨陈词，热泪横流。徐姐听得仔细，肝胆俱暖，涕泪交织，最后被医护人员认定他们的接触不利于病人康复，劝说爷爷含泪退去。

爷爷回家召集了全体会议，声明自己年迈力衰，对于吃什么怎么吃及其他有关事宜并无成见，更无意独揽大权，但你们一定要找我，我只有去找徐姐。徐姐又因你们的怨言而寒了心，因吃重孙子的西餐而寒了肠胃，我也就无法再管了，谁爱吃什么吃什么吧。“我自己没得吃，饿死也好！”爷爷说。

大家面面相觑，纷纷表态。都说还是爷爷管得好，半个世纪了，老小平安，四代和睦。堂妹表示她准备每天给爷爷做饭吃。就是说，她、妹夫、爷爷、奶奶、徐姐是一组，吃他们自己的饭。爸爸声明：他可以与妈妈一组，但不管我和妻。因为我和妻有一个新潮的儿子,不可能与他们吃到一块儿。我也声明只和妻一搭。然后叔叔婶婶一搭。然后儿子单奔。堂妹见状,似乎相当满意,发挥了一句:“各吃各的吧,这样才更现代些!四世同堂一起吃饭,太像《红楼梦》时候的事了。再说,太多的人围着一个桌,又挤,又容易传染肝炎哟!”堂妹反问:“在美国,有这样大的家庭吗?有这么好几代人克服掉代沟一起吃饭的吗?”爷爷的表情似乎有些凄然。

分开吃了两天就吃不下去了。十一点多,堂妹这一组点着火做饭,由于挟爷爷之资格威重,别人只能望灶兴叹。然后爸爸,然后叔叔。然后我能做饭时已经下午两点,只好不做先去上班,然后晚饭同样是望灶兴叹。然后讨论计议论证各置一灶的问题。煤气罐不可能,上次为解决全家共用的一个煤气罐,跑人情十四人次,历时十三个月零十三天,用尽了吃奶拉屎之力。买蜂窝煤火炉也须手续,无证买不到煤。有证买到煤了也没有地方搁。如果按照现代意识设四个灶,首先要扩张厨房面积三十平方米,当然最好的是设立四个厨房,比最好更好的是再增加五套房子。人的消费要求真如脱缰野马,难怪报纸谈消费过热,愈谈愈热。于是恍然:不盖房子而谈现代意识观念更新隐私权云云全是站着说话不腰疼的扯淡!

分灶软科学没有研究出子丑寅卯,一罐子煤气九天用完了。自从今年液化石油气限量供应,一年只有十几张票,只有一罐气用二十五天以上才能保证全家用熟食、饮开水。九天用完,一年的票四个月用完了,另外八个月找谁去?不但破坏了自己的生活秩序,更是破坏了国家的安排!

众人惊慌,唉声叹气,牢骚满腹,闲言四起。有地说煤气用完以后改吃生面糊糊。有地说可以限制每组做饭时间十七分钟。有地说现在就分灶吃饭是生产关系超越了生产力的发展水平。有地说越改越糟还不如爷爷掌管徐姐当政。有的抨击美国,说美国人如禽兽,不讲孝悌忠信,当然没有大家庭。我们有优秀的家庭道德传统,为什么要学美国呢?大家不好意思也不忍再去打搅爷爷,便不约而同地去找堂妹夫。

堂妹夫是全家唯一喝过洋墨水之人,近年来做西服两套,买领带三条,赴美进修六个月,赴日参观十天,赴联邦德国转悠过七个城市。见多识广,雍容有度,会用九种语言道“谢谢”与“请原谅”,是我们家有真才实学之人。只因属于外姓,深知自己的身份，一贯不争不论不骄不躁，知白守黑，随遇而安，故而深受敬重。

这次见我们虔诚急切，而且确实一家陷入困难的怪圈，他便掏出心窝子，亮出了真货色，他说："依我之见，咱家的根本问题还是体制。吃不吃烤馒头片，其实是小问题。问题是：由谁决定、以怎样的程序决定吃的内容？封建家长制吗？论资排辈吗？无政府主义吗？随机性即谁想做什么就吃什么吗？按照书本上的食谱吃吗？必然性即先验性吗？要害问题在于民主，缺了民主吃了好的也不觉得好，缺了民主吃得一塌糊涂却没有人挺身而出负责任。没有民主就只能稀里糊涂地吃，吃白糖而不知其甜，吃苦瓜而不知其苦，甜与苦都与你自己的选择不相干嘛！没有民主就会忽而麻木不仁，丧失吃饭的主体意识，使吃饭主体异化为造粪机器；忽而一团混乱，各行其是，轻举妄动，急功近利，短期行为，以邻为壑，使吃饭主体膨胀成有胃无头的妖魔！没有民主就没有选择，没有选择就失落了自我！"

大家听了，都觉如醍醐灌顶，点头称是不止。

堂妹夫受到了鼓舞，继续说道："论资排辈，在一个停滞的农业社会里，不失为一种秩序，这种秩序特别适合文盲与白痴。即使先天弱智者也可以理解、可以接受这样一种呆板与平静的，我要说是僵死的秩序。然而，它扼杀了竞争，扼杀了人的主动性创造性变异性，而没有变异就没有人类，没有变异我们就都还是猴子。而且，论资排辈压制了新生力量。一个人精力最旺盛、思想最活跃、追求最热烈的时期，应该是在四十岁以前。然而，这个时候他们只能被压在最下层……”

我的儿子叹道：“太对了！”他激动地流出了眼泪。

我向儿子悄悄摆了摆手。他的西式早餐化纲领失败之后，在家里的形象不佳，多少有点儿冒险家、空谈家、成事不足败事有余甚至造反派的色彩。包括堂妹与堂妹夫，对吾儿也颇看着不顺眼。他跳高了，只能给堂妹夫帮倒忙。

我问：“你说得都对。但我们到底怎么办呢？”

堂妹夫说：“发扬民主，选举！民主选举，这就是关键，这就是穴位，这就是牛鼻子，这就是中心一环！大家来竞选嘛！每个人都谈谈，好比都来投标，你收多少钱，需要大家尽多少义务，准备给大家提供什么样的食品，你个人需要什么样的待遇报酬，一律公开化、透明化、规范化、条文化、法律化、程序化、科学化、制度化，最后，一切靠选票靠选民公决，少数服从多数。少数服从多数，这本身就是新观念新精神新秩序，既抵制僵化，也抵制无政府主义的随心所欲……”

爸爸认真思考了一大会儿，脸上的皱纹因思考而变得更加深刻。最后，他表态说：“行，我赞成。不过这里有两道关口。一个是老爷子是不是赞成，一个是徐姐……”

堂妹说：“爷爷那儿没事。爷爷思想最新了，管伙食他也早嫌烦了。麻烦的是徐姐……”

我儿子急了，他喊道：“徐姐算是哪一家的人五人六？她根本不是咱们家的成员，她没有选举权与被选举权。”

妈妈不高兴地说：“奶奶的孙儿呀，你少插话好不好！别看徐姐不姓咱们的姓，你说什么来着？说她没有选举和被选举权是不！可咱们做什么事情不跟她说通了你就甭想办去！我来这个家一辈子了，我不知道吗？你们知道个啥？”

堂妹和妹夫也分化了，争论开了。妹夫认为，承认徐姐的特殊地位就是不承认民主，承认民主就不能承认徐姐的特殊地位，这是一个根本性的原则问题，没有调和余地。堂妹认为，敢情站着说话不腰疼，脱离了实际的空话高调有什么用？轻视徐姐就是不尊重传统，不尊重传统也就站不住脚，站不住脚一切变革的方案便都成了云端的幻想。而云端的改革也就是拒不改革。堂妹对自己的丈夫说话不客气，她干脆指出："别以为你出过几趟国会说几句外国话就有什么了不起，其实你在我们家，还没有徐姐要紧呢！"

堂妹夫听罢变色，冷笑一分半钟，拂袖而去。

过了些日子，是叔叔出来说话，指出两个关口其实是一个关口。徐姐虽然顽固，但她事事都听爷爷的，爷爷通了她也就通了，根本不需要人为地制造民主进程与徐姐之间的激烈斗争，更不要激化这种人为制造出来的斗争。

大家一听，言之有理，恍然大悟。种种烦恼，原是庸人自扰。矛盾云云，你说它大就大，说它小就小，说它有就有，说它无就无。寻找各种不同意见的契合点，形成宽松融洽亲密无间，这才是真功夫！一时充满信心，连堂妹夫与我儿子也都乐得合不拢嘴。

公推爸爸叔叔二人去谈，果然一谈便通。徐姐对选举十分反感，说："做这些花式子干啥嘛！"但她又表示，她此次生病住院出院后，对一切事概不介入、概不反对。“你们大家吃苍蝇我也跟着吃苍蝇，你们愿意吃蚊子我就跟着吃蚊子，什么事不用问我。”她对自己有无选举权也既不关心，又无意见，她明确表示，不参加我们的任何家事讨论。

看来，徐姐已经自动退出了历史舞台，大家公推由堂妹夫主持选举。选举日的临近给全家带来了节日气氛。又是扫除，又是擦玻璃，又是挂字画，又是摆花瓶和插入新产品塑料绢花。民主带来新气象，信然。终于到了这一天，堂妹夫穿上访问欧美时穿过的瓦灰色西服，戴上黑领结，像个交响乐队的指挥，主持这一盛事。他首先要求参加竞选的人以《我怎样主持家政》为题做一次演说。

无人响应。一派沉寂。听得见厨房里的苍蝇之声。

堂妹惊奇道：“怎么？没有人愿意竞选吗？不是都有见解有意见有看法吗？”

我说：“妹夫，你先演说好不好，你做个样子嘛！现在大家还没有民主习惯，怪不好意思的。”

堂妹马上打断了我的话：“别让我说话，又不是我的事！”

堂妹夫态度平和，富有绅士派头地解释说：“我不参加竞选。我提出来搞民主的意思可不是为个人争权。如果你们选了我，就只能是为民主抹黑了！再说，我现在正办自费留学，已经与北美洲大洋洲几所大学联系好了，只等在黑市上换够了美元，我就与各位告辞了。各位如果有愿意帮我垫借一些钱的，我十分欢迎，现在借的时候是人民币，将来保证还外币！这个……"

面面相觑，全都泄了气。而且不约而同地心中暗想：竞选主持家政，不是吃饱了撑的吗？自己吹一通，卖狗皮膏药，目无长上而又伤害左邻右舍，这样的圈套我们才不钻呢？真让你主持？你能让人人满意吗？有现成饭不吃去竞选，不是吃错了药是什么？便又想，搞啥子民主选举哟！几十年没有民主选举我们也照旧吃稀饭、卤菜、炸酱面！几十年没有民主选举我们也没有饿死，没有撑死，没有吃砖头喝狗尿，也没有把面条吃到鼻子眼里！吃饱了撑的闹他爷爷的民主，最后闹他个拉稀的拉稀，饿肚的饿肚完事！

但既然说了民主就总要民主一下。既然说了选举就总要选举一下。既然凑齐了而且爷爷也来了就总要行礼如仪。而且，谁又能说民主选举一定不好呢？万一选好了，从此吃得又有营养又合口味，又滋阴又壮阳，又益气又补血，既增强体质又无损线条与潇洒，既有色又有香又有味，既省菜钱又节约能源，既合乎卫生标准又不多费手续，既无油烟又无噪声，既人人有权过问又个个不伤脑筋，既有专人负责又不独断专行，既不吃剩菜剩饭又绝不浪费粮食，既吃蛤子又不得肝炎，既吃鱼虾又不腥气，如此等等，民主选举的结果如果能这等好，看哪个天杀的不赞成民主选举。

于是开始选举。填写选票，投票，监票，计票。发出票十一张，收回票十一张，本次投票有效。白票四张，即未写任何候选人。一张票上写着：谁都行，相当于白票，计白票五张。选徐姐的，两票。爷爷三票。我儿子，一票。

怎么办？爷爷得票最多，但不是半数，也不足三分之一。算不算当选？事先没说，便请教堂妹夫。堂妹夫说世上有两种办法，一种是成文法一种是不成文法。不成文法从法学的意义上严格说来，不是法。例如美国总统的连任期，宪法并无明确规定。实际上又是法，因为大家如此做。民主的基本概念是少数服从多数。何谓多数？相对多数？简单多数（二分之一以上）？绝对多数（三分之二以上）？这要看传统，也要看观念，至于我们这次的选举，由于是初次试行，又都是至亲骨肉父子兄弟自己人，那就大家怎么说怎么好。

堂妹说既然爷爷得票最多自然是爷爷当选，这已经不是也绝对不可能是封建家长意识而是现代民主意识。堂妹进一步发挥说，在我们家，封建家长意识的问题其实并不存在，更不是主要危险、主要矛盾，需要警惕的倒是在反封建的幌子下的无政府主义、自由主义、自我中心、唯我主义、超前消费主义、享乐主义、美国的月亮比中国的圆主义、洋教条主义。

我的儿子突然激动起来，他严正地宣布，他所获得的一票，并非自己投了自己的。他说到这里，我只觉得四周目光向我集中，似乎是我选了儿子，我搞了任人唯亲的不正之风。我的脸“唰”地红起来，并想谁会这样想？他为什么这样想？他知不知道我并没有选儿子而且即使选了儿子也不是什么不正之风，因为不选儿子我也只能选父亲选叔叔选母亲选妻子选堂妹，而按照时髦的弗洛伊德学说堂妹又何尝会比儿子生分，儿子说不定还有杀父娶母的俄狄浦斯情结呢，他们知道吗？为什么儿子一说话他们都琢磨我呢？

我的儿子喊起来了。他说他得了一票说明人心未死火种未绝烈火终将熊熊燃烧。他说他之所以要关心我家的膳食改革完全出自一种无私的奉献精神,出自对传统的人文主义的珍视和对每一个人的泛爱。说到爱他眼角里沁出了黄豆大的泪珠。他说我们家虽然有秩序但是缺乏爱。而无爱的秩序正如无爱的婚姻,其实是不道德的。他说其实他早就可以脱离摆脱我家膳食系统的羁绊,他可以走自己的路改吃蜗牛吃干酪吃芦笋吃金枪鱼吃龙虾吃小牛肉吃肯德基烤鸡三明治麦当劳与冰激凌布丁。他说他非常爱自己的姑姑但是他不能接受姑姑的观点,虽然姑姑的观点听起来很让人舒服顺耳。

这时叔叔插话说(注意,是插话而不是插嘴,插嘴是不礼貌的,插话却是一种亲切、智慧、民主,干脆说是一种抬举),堂妹关于当前应警惕的主要矛盾与主要危险的提法与正式的提法不符。恐怕最好不要过分强调某一方面的问题是主要危险。因为半个世纪行医的经验已经证明,如果你指出便秘是主要危险,就会引起普遍拉稀,并导致止泻药的脱销与对医生的逆反心理。反之,如果你指出泻肚是主要危险就会引起普遍的直肠干燥,并导致痔疮的诱发乃至因为上火而寻衅打架。火气火气,气由火生,火需水克,五行协调,方能无病。

所以既要防便秘也要防拉稀。便秘不好拉稀也不比便秘好。便秘了就治便秘拉稀了就治拉稀。最好是既不便秘也不拉稀。他讲得这样好,恍惚获得了几许掌声。

鼓完了掌才发现问题并没有解决,而由于热烈地讨论五行相克,新陈代谢的进程似乎受到了促进,人人都饿了。便说既然爷爷得票多还是爷爷管吧。

爷爷却不赞成。他说做饭的问题其实是一个技术问题而不是思想问题、观念问题、辈分(级别)问题、职务问题、权力问题、地位问题与待遇问题。因此,我们不应该选举什么领导人,而是要评选最佳的炊事员,一切看做饭烧火炒菜的技术。

我儿子表示欢呼,大家也感觉确实有了新的思路、新的突破口。别人则表示今天已经没有时间,肚子已经饿了。尽管由谁来管理吃饭做饭的问题还处在研讨论证的过程中,到了钟点,饭却仍然得照吃不误,讨论得有结果要吃饭,讨论得没有结果也还是要吃饭。拥护讨论的结果要吃饭,反对讨论的结果也还是要吃饭。让吃饭要吃饭,不让吃饭也还是要吃饭。于是……纷纷自行吃饭去了。

为了评比炊事技术，设计了许多程序，包括：每人要蒸馒头一屉，焖米饭一锅，炒鸡蛋两个，切咸菜丝一盘，煮稀饭一碗，做红烧肘子一盘，等等。为了设计这一程序，我们全家进行了三十个白天三十个夜晚的研讨。有争论、行动、吵架、落泪，也有和好。最后累得气也喘不出，尿也尿不出，走路也走不动。既伤了和气，又增进了团结，交流了思想感情。既累了精神，又引起了极大的兴趣。说起要炒两个鸡蛋的时候，人们笑得前仰后合，好像受到了某种神秘的暗示性的鼓舞。说到切咸菜的时候，人们忧虑得阴阴沉沉，好像一下子衰老了许多。终于最后归根结底，炊事技术评出来了。评的结果十分顺利，谁也没有话说。

评的结果名次是：一等一级，爷爷、奶奶。一等二级，父亲、母亲、叔叔、婶婶。二等一级，我、妻、堂妹、堂妹夫，三等一级，我那瘦高挑的儿子。大家又怕儿子受到打击，便一致同意儿子虽是三等，却要颁发给他“希望之星特别荣誉奖”。虽然他又有特别荣誉又成了“希望之星”，但他仍然是三等。总之，理论名称方法常新，而秩序是永恒的。

许多时日过去了。人们模模糊糊的意识到，

既然秩序守恒，理论名称方法的研讨与实验便会自然降温。做饭与吃饭问题已不再引起分歧的意见与激动的情绪。做饭与吃饭究竟是技术问题体制问题还是文化观念问题还是什么其他别样的过去想也没有想过的问题，也不再困扰我们的心。看来这些问题不讨论也照样可以吃饭。徐姐平安地去世了，无疾而终。她睡了一个午觉，一直睡到下午四点还不醒，去看她，她已停止呼吸。全家人都怀念她尊敬她追悼她。儿子到中外合资企业工作去了，他可能已经实现了天天吃黄油面包和一大堆动物性蛋白质的理想。节假日回家，当我们征询他吃什么的意见的时候，他说各种好的都吃过了，现在想吃的只有稀饭与腌大头菜，还有高汤与炸酱面。说完了，他自我解嘲说："观念易改，口味难移呀！"叔叔与婶婶分到了新落成的单元楼房，搬走了。他们有管道煤气与抽风换气扇孔的厨房，在全新的厨房里做饭。做过红烧肘子也做过炒鸡蛋，但他们说更经常地仍然是吃稀饭、烤馒头片、腌大头菜、高汤、炸酱面。堂妹夫终于出国深造，一面留学一面就业了，他后来接走了堂妹，并来信说："在国外，我们最常吃的就是稀饭咸菜，一吃稀饭咸菜就充满了亲切怀乡之情，就不再因为身在异乡异国而苦闷，就如同回到了咱们的亲切质朴的家。有什么办法呢，也许我们的细胞里已经有了稀饭咸菜的遗传基因了吧！”

我、爸爸和爷爷幸福地生活在一起。我们吃的鸡鸭鱼肉蛋奶糖油都在增加，我们都胖了。我们饭桌上摆的菜肴愈来愈丰富多彩和高档化了。有过炒肉片也有过葱烧海参。有过油炸花生米也有过奶油炸糕。有过凉拌粉皮也有过蟹肉沙拉甚至还吃过一次鲍鱼鲜贝。鲍鱼来了又去了，海参上了又下了，沙拉吃了又忘了，只有稀饭咸菜永存。即使在一顿盛宴上吃过山珍海味，这以后也还要加吃稀饭咸菜，然后口腔食道胃肠肝脾胰腺才能稳定正常地运转。如果忘记了吃稀饭咸菜，马上就会肚子胀肚子疼，也许还会长癌。我们至今未患肠胃癌，这都是稀饭咸菜的功劳啊！稀饭和咸菜是我们的食品的不可改变的纲，其他只是搭配——陪衬，或者叫作“目”。

徐姐去世以后，做饭的重任落到了妈妈头上。每顿饭以前，妈妈照例要去问问爷爷奶奶。汤呢，就做了吧，就不做了吧？肉呢，切成肉片还是肉丝？古老的提问既忠诚又感伤，是一种程序更是一种道德情绪。在这种表面平淡乃至空洞的问答中寄托了对徐姐的怀念，大家感觉到徐姐虽死犹生，风范长存。爷爷屡次表示只要有稀饭、咸菜、烤馒头片与炸酱面，做不做汤的问题，肉片与肉丝的问题以及加什么高级山珍海味的问题，他不准备过问，也希望妈妈不要用这种愈来愈难以拍板的问题去打搅他。妈妈唯唯，但不问总觉得心里不踏实。饭做熟了，唤了大家来吃，却要东张西望如坐针毡，揣摩大家特别是爷爷的脸色。爷爷咳嗽一声，妈妈就要小声嘟囔，是不是稀饭里有了沙子呢！是不是咸菜不够咸或者过于咸了呢？小声嘟囔却又不敢直截了当地征求意见。虽然，即使问过爷爷也不能保证稀饭里不掺沙子。

于是，每一天，妈妈还是要在黄昏将临的时候忠顺地、由于自觉啰唆而分外诚惶诚恐地去问爷爷——肉片还是肉丝？问话的声调委婉动人。而爷爷答话的声调呢？叫作慈祥苍劲。即使是回答“不要问我”，也总算有了回答。妈妈就会心安理得地去完成她的炊事。

一位英国朋友——爸爸40年代的老友来华旅行，在我们家住了一个星期。最初，我们专门请了一位上海来的西餐厨师给他做面包蛋糕牛排。英国朋友直率地说：“我不是为了吃西餐或者名为西餐实际上四不像的东西而来的，把你们的具有古老传统和独特魅力的饭给我弄一点儿吃吧，求求你们了，行不行？”怎么办呢？只好很不好意思地招待他吃稀饭和咸菜。

“多么朴素！多么温柔！多么舒服！多么文雅……只有古老的东方才有这样的神秘的膳食。”英国博士赞叹着。我把他的称赞稀饭咸菜的标准牛津味儿的英语录到了“盒带”上，放给瘦高挑儿子听。

发表于《中国作家》1989年第2期

# 我又梦见了你

## 一

从哪里来的？我从哪里发现了你？那个秋天的铜管乐怎么会那样钻心？铜号的光洁闪耀着凋落了树叶的杨树林上方的夕阳。夕阳在颤动，树林在呜咽，声音在铜壁上滑来滑去，如同折射出七彩光色的露珠。天打开了自己的窗子，地打开了自己的门户，小精灵像一枚射上射下、射正射偏的子弹。一颗小小的子弹占据了全部秋天，画出了细密的折线，从蝉翼的狂热到白菜绿叶上的冰霜。而你就从那晃眼的铜壁上溜下来了，那时硝烟还没有散尽，戴着钢盔的战士蹲在地上，用双手掬起车辙里的积水。你轻轻巧巧，从从容容，沉默得像一个天使的影子，朴素得像一个草绿色的书包，你握了我的手，微笑了，飘走了，像一个气球一样被风吹去了。夕阳染红了树林，树叶飘飘落落。

你有两条小小的辫子。这使我产生了一个疑惑，为什么男子不能留辫子呢？

## 二

后来我们在摆荡着的秋千上会面，那秋千架竖立在一个贸易集市上，四周弥漫着浓郁的茴香气味。我们的身下是骡马的交易与羽行的洗染，插着羽毛的帽子像海浪一样涌动。秋千跟随着笑语和喘气声摆来摆去，越摆越快，越摆越高，集市和集市旁流淌着浑水的大渠都被卷过来卷过去，卷成了一块大蛋糕。蛋糕上铺满了核桃仁和葡萄干。秋千上上来的人愈来愈多。我说上来的人太多了，我怕秋千支撑不住，你什么也没说。我说我害怕我们的秋千碰上飞翔的鸽子，我说完了遍天果然出现了红嘴巴鸽子，鸽哨响作一片。你什么也没说。我说我不喜欢有这么多人看着我们，我们已经不是孩子，我们已经超过了荡秋千的年龄。你什么也没说。我说无论如何要让秋千停一停，我要下来，要下地，我感到了太长的眩晕，我想下地喝一杯酸酸的红果汁。你什么也没说。秋千不但摆荡，而且剧烈地旋转，四面都是太阳。

然后你嫣然一笑，所有的鱼都从太液池底跳了出来。怎么又是夏天了呢，不然哪里来的这么多的莲花！你的笑是无声的，是可以融化的。在你的笑声中，鸽子散去了，众星散去了，宇宙变得无比纯净，然后没有秋千，没有人群，没有水渠和牛马了。没有你和你的笑和你的飞扬的辫子，我不是成为多余的了吗？

甚至于在睁开眼睛直到黎明以后，连晕眩也不知去向。

## 三

然后我急急忙忙地给你打电话。我急急忙忙地坐了火车又坐了汽车，我下了火车又下了汽车，我跑，我摔倒了又爬起来。我跑过炸山的碎石，跑过临时工棚、钢钎和雷管，跑过疾下的涧流，跑过坚硬的石山。没有到这样的山里来过的人可真白活一世。在一家香烟店里我找到了电话。电话是老式的，受话器和号盘固定在墙壁上，听筒可以取下，我可以拿着听筒走开，只要我长出长长的嘴，例如像一只白鹤。我知道你的好几个电话号码，我知道你并不是固定待在某一处的。53427打通了，说是你不在那里，你一个小时以前刚刚离去。虽然说你不在，但那声音又像是你的，电话里响着那永远的温柔的大管的乐声，只是声音分外低沉。是你亲口告诉我你不在那里，匆匆地我根本不在乎这里面有没有分析。我赶紧又拨另一个电话，不再是东城的电话了，现在是西城的，43845，我真喜欢这五个数字，这几个数字好像出自李白的诗。西城的电话告诉我你不在西城。许许多多的电话我不停地打着、拨着、听着、叫着，电话变得这样沉重，号盘好像焊死在话机上了。所有的电话都告诉我找不到你。当我拨通东城的电话的时候你到西城去了。当我拨通四局的电话的时候，你到三局去了。当我拨通南城的时候你在北城。当我叫通市中心的时候你在市郊。我看见你奔忙在市郊的麦地里，再一定睛，你不见了，我仍然没有与你接通电话。无论如何我不知道你在哪里。但是我知道你已经不梳小辫子，墙上的电话变成了一只猫，猫发出凄婉的喵呜声。电话线变成了绿色的藤蔓，藤蔓上爬着毛毛虫。货架上摆着的香烟都冒起了蓝色的烟雾，每包香烟里都响着一座小钟，钟声“咚咚”，钟声为我们不能通话而苦恼地报警。队伍缓缓地行进。猫说：“她也正在给你打电话呢。”这时，星星在满天飞舞，却一个也抓不着。然后天亮了，我急匆匆地跑回汽车和火车，跑回我的铿锵作响的工地。我们在修公路。

## 四

后来我们在一起点燃炉灶，我砌的炉灶歪歪扭扭，这使我怪不好意思。人家往火里添煤，我们往里面填充石头，这怎么行！然而石头也能燃烧，发出蓝色的迷人的火焰。火很美，很温暖但又不烫手，我们可以把两双手放在蓝火里烧，我们可以在火里互相握手，只觉得手柔软得快要融化。你的手指上有一个小疤。我惊呼你受伤了，你说受伤的不是你，而是“你”，就是我。我就是“你”。这火变成了温暖的水流，这水流变成了大洪水。洪水从天上流下来，从房檐上冲下，从山谷流来，从地底涌出，汩汩地响。人群纷纷躲避，我不想躲避。洪水流来了，却没有冲走我，或者已经冲走了却和没有冲走一样，就像我坐在火车上一动也不动，火车却正在飞驰一样。

我好像停止了呼吸，在水里人是可以不呼吸的。是不是我长出了鳃？我的周围是漂浮着的房顶、木材、锅和许许多多的月亮。青蛙成队游过，我好像已经变成了一只青蛙，而你穿着白纱做的衣服，显示出你的非人间的笑容，只有我知道你笑容的芳香，只有我知道你笑容里的悲苦。你坐在水面上，问我吃不吃饺子，你把饺子一个又一个地扔到水里，水里游动着一条又一条白鱼。有一条水蛇在泡沫中灵活地游动，它领着我在水底打了一个电话：

"喂，喂，喂……"

"是我。"

你说："是我。"我感动得在水里转起圈来，像一个旋涡。从旋涡中生出一朵野花，脖子上套着花环的小鹿在山坡上奔跑，松涛如海。

## 五

你生气了，你不再说话。"是你吗？"我问的时候你不再说"是我"。我拉开了抽屉，抽屉里有许多纸许多书信还有许多钱，包括纸币和硬币。我拉开抽屉后它们通通飞了出来，像一群蝴蝶，我没有找到你。我也没有在乎它们这些蝴蝶，我深知凡是离去的便不会再返回，我不再徒劳地盼望和寻觅。我打开房门，房门外是一团团烟雾，好像舞台上放干冰造成的效果，烟雾中出现了一个个长袖的舞者，她们都梳着辫子，都陌生而冷淡地笑着，没有你。我想，她们的辫子已经落伍了，现在辫子应该梳在胳肢窝里。果然，她们的腋下甩出了发辫，我吓得叫不出声来，我成了哑巴。我找了墙角的柳条包，那里有许多铜碗铜碟铜筷铜勺铜锤，在我寻找它们的时候它们跳跃起来，飞舞起来，碰撞起来，“叮叮咚咚嗒嗒”，一片混战。我才知道，这是我们之间发生了争吵。我们为什么争吵？这真使我喘不过气，而且疲劳。我们的争吵使我们筋疲力尽，我知道我的食道上已经长出了恶性肿瘤，肿瘤像一个石榴，红白相间的果皮，许许多多籽粒，流着血。

多么冷的风啊！我知道了，我奔跑如飞，我打开了电冰箱的门，冰箱内亮得耀眼，空空如也。难道不是？

啊！这种可能性使我战栗。我打开了速冻箱的小门，果然，你蜷曲在那里，坚硬得像石头，而你仍然是微笑的。你怎么会寻这样的短见！我的眼泪落在你的脸上，你的脸在触到泪滴时冒着热气。

…………

## 六

多么宽阔的花的原野！一匹黄马在草原上奔驰。当它停下来扬一扬头的时候，我才看见它长着一副教授的受尽尊敬的面孔，他一定会讲几门外语。我的面前是一台白色电话机。也许这只是一只白色的羊羔吧，柔软的羊毛下面埋藏着一台电话。然而，我已经忘记了你的电话号，我甚至于忘记了你的名字。这怎么可能呢？你不是就叫×××吗？恨死我了，我知道你正在等着我的电话，至少等了三十年。

我拿起了电话，我茫然地拨动着号盘，电话通了，这是什么？呼啸的风，尖利的哨音，叽叽喳喳的鸟，铜管乐队又奏响了，只是旋律不可捉摸，好像音乐在隐藏着自己。是你！是你的温柔娴静的声音。我又拨了一个奇怪的号码，0123456789，仍然是你，仍然是你的从容地倾诉。又拨一个，又拨一个98765……拨到天上、地上、海里、山里、飞机上、小岛上、舰艇上、大沙漠的古城堡里，哪里都是你，哪里都是你，哪条电话线都通向你，哪里传出的都是你的声音，虽然有的嘶哑，有的圆润，有的悲哀，有的欢喜。你说："是我！"像是合唱。

我不敢相信，这幸福这可靠的凭依，我一次又一次地问："是你吗？你是谁？是你吗？"

你说："是我。"你说："是我。"你说："是我。"铜管乐演奏起来，我演奏起来了，嘹亮的号声吹走了忧愁，也吹走了暗中的叽叽喳喳。地上全是水洼，亮晶晶的映着正在散去的阴云。好像刚刚下过雨。你缓缓地说："是我。"

白鸽成群飞起。楼房成群起飞。我们紧紧地拥抱着，然后再见。然后我们成为矗立街头迎风受雨的一动不动的石头雕像。几个孩子走过来，在雕像上抹净他们的脏手。

发表于《收获》1990年第1期

# 新疆的歌

## 黑黑的眼睛

在遥远的伊犁,几乎每一个本地人都会唱《黑黑的眼睛》这首歌,几乎每一次喝酒的时候都要唱这一首歌。

喝酒和唱歌这二者,从声带医学的观点来看是互相排斥的,从情绪抒发的角度来看却是一致的。

第一次听到这首歌是一九六五年冬天,在大湟渠渠首——叫作龙口工程"会战"的"战场"。我与农民们一起住在地窝子里。那里临时开设了几个食堂。寒冬腊月,食堂厚重无比的棉帘子外面挂满了冰雪,也许不是雪而是霜,食堂里的水汽从帘子边缘溢出来,便凝结成霜。掀开这沉重得惊人的门帘,简陋的食堂里热气弥漫、灯光昏暗、烟气弥漫、肉香弥漫。更重要的是歌声弥漫，歌声激荡得令人吃惊，歌声令人心热如焚，冬天的迹象被歌声扫荡光了。

以前我们也听过一些新疆歌曲。但是伊犁民歌自有不同之处，它似乎更散漫，更缠绕，更辽阔，没有开头也没有结尾，抒不完的感情联结如环，让你一听就陷落在那里，痴醉在那里。

从此我爱上了伊犁民歌。在伊宁市家中，常常能有机会深夜听到《黑黑的眼睛》的歌声。是醉汉吗？是夜归的旅人？是星夜赶路的马车夫？他们都唱得那么深情。在寂寥而寒冷的深夜，他们用歌声传达着对那个永远的长着“黑黑的眼睛”的美丽的姑娘的爱情，传达着他们的浪漫的梦。生活是沉重的，有时候是荒芜的，然而他们的歌是热烈的，是愈加动情的。

后来有几次我有了与农民兄弟们一起喝酒唱歌的经验。我们当中有一位歌手，他是大队民兵连长，叫哈里·艾迈德。他一唱，我们就跟，随着每一句的尾音，吐出了无限块垒。我傻傻地跟着唱，跟着唱，却总觉得跟不上那火热的深沉与辽阔的寂寞。

有的时候我不跟着唱，只是听着，看着哈里和其他人的那种披肝沥胆地唱歌的样子，就觉得更加感动。

一九七三年我离开了伊犁，一九七九年我离开了新疆。

一九八一年中秋节前后我重访伊犁，诗人铁依甫江与我同行。为了将《蝴蝶》改编成电影的事，长春电影制片厂的一位导演不远万里跑到伊犁去找我。一天晚上，我们一同出席伊宁市红星公社在西公园附近的一次露天聚会。饮酒之际，请来了民间的盲艺人司马义尔，他弹着都塔尔，唱起了歌，当然，首先唱的仍然是《黑黑的眼睛》。

他的声音非常温柔。他的歌声不是那么强烈，却更富有一种渗透的、穿透的力量。那是一首万分依恋的歌，那是一种永远思念却又永远得不到回答的爱情，那是一种遥远的、阻隔万千的呼唤，既凄然又温暖。能够这样刻骨铭心地爱，刻骨铭心地思恋的人有福了，能唱这样的歌，也就不白活一世了！看不见光明的歌手啊，你的歌声里充满了对光明的向往和想象！在伊犁辽阔的草原上踽踽独行的骑手啊，也许你唱这首歌的时候期待着人群的温暖？歌声是开放的，如大漠，如雄鹰，如马嘶，如季节河里奔腾而下的洪水。歌声又是压抑的，千曲百回，千难万险，似乎有无数痛苦的经验为歌声的泛滥立下了屏障，立下了闸门，立下了堤坝。

一声“黑眼睛”，双泪落君前！他一唱我的眼泪就流出来了！

快乐的阿凡提的乡亲们，却又有唱不完的“黑眼睛”的苦恋。

我没有解开这个谜。虽然我标榜自己对新疆、对维吾尔人的生活、语言、文字颇有了解，我至今学不会这首歌。虽然我喜欢唱歌、粗通乐谱、会唱许多歌、自信学歌的能力不差。那么熟悉，那么想学，却仍然不会唱。也怪了。

就让我唱不好，唱不出这首《黑黑的眼睛》吧。唱不好，但是我知道她，我爱她，我向往她。小小的一声我就能从万千音响中辨识出她。她就是我的伊犁，她就是我的谜一样的忧郁。至少是因为告别了伊犁，至少是因为它是唯一的我又喜爱又熟悉又至今唱不成调的歌。

## 阿瓦尔古丽

以喀什为中心的南疆的歌与以伊犁为中心的

北疆的歌有很大的不同。如果说北疆民歌的代表是《黑黑的眼睛》的话，那么，南疆民歌的典型则是《阿瓦尔古丽》。“阿瓦尔古丽”的意思是石榴花，而这又是一个在南疆常见的姑娘的名字。这个名字很美。电影《阿娜尔罕》的主题歌就是根据民歌《阿瓦尔古丽》整理、配词而成。歌一开始便唱道：

我的热瓦甫琴声多么响亮，
莫非装上了金子做成的琴弦？

而民歌的起始两句，据我所知的一个版本是这样的：

夜晚到来我睡不着觉呀，
快赶开巢里的乌鸦，啊，我的人！

最后一个词是“bala”，是孩子的意思，这里叫一声孩子，类似英语中的baby，是一种昵称，故译作“我的人”。

以《阿瓦尔古丽》为代表的南疆民歌似乎更具有节奏感，人们唱这些歌的时候似乎正迈着沉重有力的步子，似乎正在漫漫沙石戈壁驿道上长途跋涉。四周杳无人迹，远山上雪光晶莹，干枯的柴草在风中颤抖，行路者的歌声坚毅而又温情，我好像看到了歌者被南疆的太阳烧烤成了酱紫色的脸庞。

也许他们是骑着骆驼唱这些歌的吧？在“沙漠之舟”上，他们体验着大地的辽阔、荒芜、寂静与神秘；他们也体验着自己内心的火焰的跳动、炽热和煎熬。他们已经漫游了许多日日夜夜。他们已经寻求了许多岁岁年年。他们已经创造了许多城市乡村。他们热烈地盼望着更多的人间的情爱。

我永远不会忘记第一次受到这样的歌声冲击的情景。那是在叶尔羌河东岸、塔克拉玛干沙漠西缘的麦盖提县，一九六四年我住在县委招待所，准备去洋达克乡。招待所正在盖房子，每天早晨八点以后，来自农村的临时建筑工人开始上班。有两个年轻的女人，她们不紧不慢地用抬把子抬砖，一边装卸，一边走路，一边大声唱歌。她们唱的正是《阿瓦尔古丽》，她们的歌声就像呐喊一样的自然、朴素、开阔、痛快；她们的歌声就像呼唤一样响亮、多情、急切、期待着回应；她们的歌声又像是一种挑战、放肆的发泄，自唱自调，如入无人之境。她们戴着紫红色的小帽，穿着红色的裙子，红色的裙子下面还有绿色的灯笼裤。这歌声响彻一个上午，中午稍稍歇息，又一直唱下去，唱到太阳快要落山。她们的精力，她们的热情，她们的喉咙里，似乎都有着无尽的蕴藏。

即使是生活在城市中、生活在忙乱中、生活在纷扰与风霜雨雪中也罢，想起这样的歌，怎能不为那股热流而心潮激荡？

发表于《散文》1991年第3期

# 无　为

一位编辑小姐要我写下一句对我有启迪的话。我想到了两个字,只有两个字:“无为”。

我不是从纯消极的意思上理解这两个字的。无为,不是什么事情也不做,而是不做那些愚蠢的、无效的、无益的、无意义的乃至无趣无味无聊,而且有害有伤有损有愧的事。人一生要做许多事,人一天也要做许多事,做一点儿有价值有意义的事并不难,难的是不做那些不该做的事。比如说自己做出点成绩并不难,难的是绝不嫉妒旁人的成绩;比如说不搞(无谓的)争执,还有庸人自扰的得得失失,还有自说自话的自吹自擂,还有咋咋呼呼的装腔作势,还有只能说服自己的自我论证,还有“小圈子”里的叽叽喳喳,还有连篇累牍的空话虚话,还有不信任人的包办代替其实是包而不办、代而不替,还有许许多多的根本实现不了的一厢情愿及为这种一厢情愿而付出的巨大的精力和活动。

无为,就是不干这样的事。无为就是力戒虚妄,力戒焦虑,力戒急躁,力戒脱离客观规律、客观实际,也力戒形式主义。无为就是把有限的精力时间节省下来,这样才可能做一点儿事,也就是有为。有所不为才能有所为,无为方可与之语献身。

无为是效率原则、实物原则、节约原则,无为是有为的第一前提条件。

无为又是养生原则、快乐原则,只有无为才能不自寻烦恼。无为更是道德原则,道德的要义在于有所不为而不是无所不为。这样,才能使自己脱离低级趣味,脱离鸡毛蒜皮,尤其是脱离蝇营狗苟。

无为是一种境界。无为是一种自卫自尊。无为是一种信心,对自己,对别人,对事业,对历史。无为是一种哲人的喜悦。无为是一种对主动的保持。无为是一种豁达的耐性。无为是一种聪明。无为是一种清明而沉稳的幽默。无为也是一种风格呢。

发表于《南方周末》1992年

# 在小绒线胡同

60年代以前，我曾经住在北京西城区的小绒线胡同。小绒线胡同确实是一条小胡同，倒不是说它有多么窄，比它窄的胡同——如养蜂夹道、百花深处……有的是。小绒线胡同作为一条东西向的胡同只有西口而没有东口，它的东口是裤裆里放屁——两叉里走，一头伸入报子胡同，一头伸进帅府胡同。从东面西四北大街来看，是没有小绒线胡同的踪影的，只有西面的北沟沿才有小绒线胡同。

最初，只有土路，除了几个倒污水的渗沟眼以外，没有泄水系统。也好，夏天，雨大了，胡同里能积没膝的水，很增加大雨的气势，也增加蹚水的趣味。雨后，会招来许多老琉璃——蜻蜓。入夜，则是提灯行走的萤火虫。

后来修了柏油路，这些个都没有了。

去东口我一般都是走报子胡同，可能是因为报子胡同那边有一个电车站的缘故。小绒线胡同往东，改向北通报子胡同处，有几株大槐树。大槐树很美。五六月间有时候树上垂下来许多小幼虫，我们称为“吊死鬼”。甚至吊死鬼的恶名也不能减少我对于大槐树的喜爱。

胡同里常有叫着唱着卖东西的小贩走过。春天卖小金鱼的，夏天卖凉粉的，秋天卖老玉米的，冬天卖水萝卜的，都吆喝得有滋有味。夜里，算卦的盲人吹着笛子走过，他们的笛声与踽踽独行的样子，使我从小就颇有些伤感。

报子胡同已经改称西四四条了，小绒线胡同大致如旧。日新月异的当今，谁知道这条小胡同还能保持多久的老样子呢？

发表于《中国作家》1994年第2期

# 行板如歌

柴可夫斯基好像一直生活在我的心里。

他已经成为我的生命的一部分了。

他之所以容易接受，是由于他的流畅的旋律与洋溢的感情和才华。他的一些舞曲与小品是那样行云流水，清新自然，纯洁明丽而又如醉如痴，多彩多姿。比如《花的圆舞曲》，比如《天鹅湖》，比如钢琴套曲《四季》，比如小提琴曲《旋律》，脍炙人口，家喻户晓，浑然天成，了无痕迹，它们令人愉悦光明，热爱生命。他是一个赋予生命以优美的旋律与节奏的作曲家。没有他，人生将减少多少色彩与欢乐！

他的另一些更加令我倾倒的作品，则多了一层无奈的忧郁，美丽的痛苦，深邃的感叹。他的伤感，多情，潇洒，无与伦比。我总觉得他的沉重叹息之中有一种特别的妩媚与舒展，这种风格像是——我只找到了——苏东坡。他的乐曲——例如第六交响曲《悲怆》，开始使我想起李商隐，苍茫而又缠绵，缛丽而又幽深，温柔而又风流。再听下去，特别是第二乐章听下去，还是得回到苏轼那里去。他能自解。艺术就是永远的悲怆的解释，音乐就是无法摆脱的忧郁的摆脱。摆脱了也还忧郁，忧郁了也要摆脱。对于一个绝对的艺术家来说，悲怆是一种深沉，更是一种极深沉的美。而美是一种照耀着人生的苦难的光明。悲即美，而美即光明。悲怆成全着美，美宣泄着却也抚慰着悲。悲与美共生，悲与美冲撞，悲与美互补。忧郁与摆脱，心狱与大光明界，这就产生了一种摇曳，一种美的极致。

这也可以说是一种哲学。人生苦短，人生苦苦。然而有美，有无法人为地寻找和制造的永恒的艺术普照人间。于是软弱的人也感到了骄傲，至少是感到了安慰，感到了怡然。这就是柴可夫斯基的第六交响曲的哲学。

在他的第五交响曲与D大调小提琴协奏曲中，既有同样的美丽的痛苦，又有一种才华的赤诚与迷醉，我觉得缔造着这样的音乐世界，呼吸着这样的乐曲，他会是满脸泪痕而又得意扬扬，烂漫天真而又矜持饱满。他缔造的世界悲从中来而又圆满无缺。你好像刚刚迎接到了黎明，重新看到了罪恶而又清爽，漫无边际而又栩栩如生的人世。你好像看到了一个含泪又含笑的中年妇人，她无可奈何却又是依依难舍地面对着你我的生存境遇。

是的，摇曳，柴可夫斯基最最令人着迷的是他的音乐的摇曳感。有多少悲哀也罢，有多少压抑也罢。他潇洒地摇曳着表现了出来，只剩下美了。

这就是才华，我坚信才华本身就是一种美。它是一种酒，饮了它一切悲哀的体验都成了诗的花朵，成了美的云霞。它是上苍给人类的，首先是给这个俄罗斯人的最珍贵的礼物。是上苍给匆匆来去的男女的安慰。拥有了这样的礼物，人们理应更加感激。柴可夫斯基教给人的是珍惜，珍惜生命，珍惜艺术，珍惜才华，珍惜美丽，珍惜光明。珍惜的人才没有白活一辈子。而这样的美谁也消灭不了，在火里不会燃烧，在水里也不会下沉。

在我写的《组织部来了个年轻人》中，我描写了林震与赵慧文一起听《意大利随想曲》的内容。《意大利随想曲》最动人之处就在于它的潮汐般的、波浪般的摇曳感与阳光灿烂的光明感。人生太多不幸也罢，浮生短促也罢，还是有了那么迷人，那么秀丽，那么刻骨，那么哀伤，有时候却又是那么光明的柴可夫斯基的音乐。那是永久的青春的感觉与记忆。这能够说是浪漫吗？据说行家们是把柴可夫斯基算作浪漫主义作曲家的。

一九八七年，我在意大利的佛罗伦萨看到了柴可夫斯基的故居，在佛市郊区，在灌木丛下有一个白栅栏。可惜只是驱车而过罢了。缘止于此，有什么办法呢？

我宁愿说他是一个抒情作曲家。也许音乐都是抒情的，但是贝多芬的雍容华贵里包含着足够多的理性和谐的光辉，莫扎特对于我来说则是青春的天籁，马勒在绝妙的神奇之中令我感到的是某种华美的陌生……只有柴可夫斯基，他抒的是我的情，他勾勒的是我的梦，他的酒使我如醍醐灌顶。他使我热爱生活热爱青春热爱文学，他使我不相信人类总是会像豺狼一样你吃掉我、我吃掉你。我相信美的强大，柴可夫斯基的强大。他是一个真正的催人泪下的作曲家。普希金、莱蒙托夫的抒情诗的传统和屠格涅夫、契诃夫的抒情小说的传统。我相信这与人类不可能完全灭绝的善良有关。这与冥冥中的上苍的意旨有关。

我喜欢——应该说是崇拜与沉醉于这种风格。特别是在我年轻的时候，只有在这种风格中，我才能体会到生活的滋味、爱情的滋味、痛苦的滋味、艺术的滋味。柴可夫斯基是一个浓缩了情感与滋味的作曲家，是一个极其投入极其多情的作曲家。

他的一些曲子很重视旋律，有些通俗一点儿的甚至人们可以跟着哼唱。其中最著名的应该算是第一弦乐四重奏第二乐章——如歌的行板。循环往复，忧郁低沉，而又单纯如话，弥漫如深秋的夜雾。行板如歌云云虽然只是意大利语 Andante Cantabile 的译文，但其汉语译文也是优美的，符合柴可夫斯基的风格。我写过一个中篇小说，题目就叫《如歌的行板》，这首乐曲是我的主人公的命运的一部分，也就是我的生命的一部分了。冯骥才说本来他准备用《如歌的行板》为题写一篇小说的，结果被我"抢"到了头里。有什么可说的呢！大冯！你与柴可夫斯基没有咱们这种缘分。我不知道有没有读者从这篇小说中听出柴可夫斯基的音乐来。还有一些其他的青年时代的作品，我把柴可夫斯基看作自己的偶像与寄托。

真正的深情是无价的。虽然年华老去，虽然

我们已经不再单纯，虽然我们不得不时时停下来舔一舔自己的伤口，虽然我们自己对自己感到愈来愈多的不满……又有什么办法！如果夜深人静，你谛听了柴可夫斯基的《如歌的行板》，你也许能够再次落下你青年时代落过的泪水。只要还在人间，你就不会完全麻木。

于是你感谢柴可夫斯基。

发表于《爱乐》1995年第4期

# 在贝多芬故居

当我们即将结束波恩——科隆的访问，乘美国飞机前往西柏林之前，冒雨访问了贝多芬故居。贝多芬，仅仅这三个字本身已经够令人神往的了。上小学的时候，我在语文课本上读到了他的《月光曲》的故事。稍稍大一点儿，在中学举行的唱片欣赏会上，我为他的《田园》交响乐而陶醉、欢欣、禁不住喝彩。新中国成立后，更不用说了，他的《英雄》（第三交响曲）、《命运》（第五交响曲）及气势宏伟的第九交响乐，是那样强烈而又深深地打动过远在东方的中国青年的心，他的音乐大大地丰富、震撼了（应该说是净化而又强化了）人们的灵魂。直到现在，贝多芬仍然是我们最熟悉、最敬仰、最崇拜的音乐家。在中国，他已经成为文明、智慧、艺术、激情的象征。我们怎么能不急于去瞻仰这位巨人生活和劳作过的地方呢？我们的心怎么能不为离贝多芬这样近而怦怦跳动呢?

然而,贝多芬无言,贝多芬故居无言。那只是一所窄小的、不起眼的、古老的带阁楼的房子。在挺拔的高楼大厦之中,在珠光宝气、五光十色的店铺当中,它显得谦逊甚至寒碜,除了楼梯和地板老旧,因而有点儿变形,有点儿凹凸不平,走上去不断地发出吱吱扭扭的呻吟声。除了给你一种“发思古之幽情”的感受之外,这座楼并没有任何值得称道之处。贝多芬出生的房间、会客的房间和弹琴的房间……都那样矮小而平凡。低矮的天花板,甚至使你觉得有点儿喘不上气来。贝多芬用的琴,远不像现在音乐厅舞台上的钢琴那样巨大而又辉煌。这真的是贝多芬的故居吗?是至今没有多少人能望其项背的贝多芬的出生地吗?当然,古今中外那些养尊处优、神气活现、威风凛凛的家伙,倒多半是一些庸俗的草包呢!

陈列品中间,给人印象最深的一个是贝多芬的秘密遗嘱。贝多芬在因耳疾而失去听觉以后,痛不欲生,写下了这个遗嘱。但他终于默默地承受了命运的这一打击,咬着牙挺了过来,用聋耳写下了一个又一个脍炙人口的乐章。这份遗嘱是直到他死后才被人发现的。无论什么大人物都会有自己的精神危机，真正的强者不是从来不发生“危机”，而是发生了“危机”都能咬着牙挺过去。但另一方面，声音的巨匠、声音的大师、声音艺术的创造者本人，却听不到声音，如果真有命运之神的话，这个命运之神也真太残酷了。

我们还看到了贝多芬的葬礼的照片，走在送葬的长长的行列最前面的是舒伯特，《鳟鱼》《未完成交响乐》的曲调似乎在耳边响起。莱茵河的流水，一浪接着一浪啊！可惜的是我在西德先后下榻的波恩、西柏林、汉堡、慕尼黑、海德堡和法兰克福的六个旅馆里，除了汉堡的大西洋旅馆里可以收听到这些古典乐曲外，其他的旅馆的收音装置上好几套节目中播送的差不多都是咖啡馆和酒吧间的舞曲。

当我这个外行怀着虔诚而又感伤的心情，观看着贝多芬的那些画满“蛤蟆蝌蚪”的乐谱手稿的时候，过来了两位黑眼睛、黑头发的姑娘，她们中的一位问我：“你们是中国人吗？”我连忙告诉她们，我们是来自北京的中国作家访问团，并且把我的一张名片交给她。她们立即自我介绍说：“我们是从台湾来的。我们在美国哥伦比亚大学读书，是到德国来旅游的。”她们又问：“如果有人给你们解说，我们可以和你们一起听解说吗？”真是让人高兴，我兴奋地把她们介绍给我们的团长冯牧和诗人柯岩，以后的参观我们一直在一起。

参观结束以后，中国作家访问团的成员签名留念，两位台湾女学生也把名字签在我们中间，但在名字的后面画了一个括弧，注明是学生。她们两位的名字大概是陈淑云和周曼玫，当时没好意思用笔记下来。其中的一位在分手时向我索取名片，我才悟到刚才只给了她们一张。我再把名片给她们时，她们说：“幸会，幸会！”我说：“找个机会到北京玩一玩吧！”她们齐声回答：“我们都想去！”

在贝多芬的故居，我们碰到了台湾的骨肉同胞，碰到了温柔、亲切的台湾姑娘。是巧遇吗？是巧遇。是偶然吗？却并非偶然。贝多芬的音乐是沟通人们心灵的桥梁，所以它是不可摧毁的。海峡两岸的中华儿女的接近，也是不可阻挡的，沟通海峡两岸同胞的桥梁，终将架设起来！

对于音乐，我所知甚少，只是爱好而已。贝多芬和柴可夫斯基，是我最倾心的两位大师。柴可夫斯基的乐曲有一种丝丝入扣、渗透到人的心灵里去的魅力，有一种忧郁的、抒情的、委婉的美。而贝多芬，他的作品是那样华丽，那样雍容，那样强劲而又丰满。它具有的是征服人心、点燃人心的火焰般的力量，它充满了威严的、强大的对于光明的渴望和信心。

当我冒着小雨从贝多芬的窄小的故居走出来的时候，我充满了欣悦之情。贝多芬就在这里，贝多芬就在我们的心里。我们每个人都应该比现在的状况更好一些。我们每个人都可以像贝多芬那样永远光明，永远善良，永远执着向上……

发表于《十月》1980年第6期

# 墨西哥一瞥

墨西哥航空公司的波音727飞机从旧金山机场起飞,长体客机升上天空以后就侧转飞行,从北向到南向转了一百八十度,左翼的下垂使乘客感到左侧的地面忽然耸立了起来,连同她的波光粼粼的海面、她的长达数十英里的钢架海湾大桥、她的丘陵地面上的高高低低、形状各异的楼,她的卫星市镇的稀落的住宅房子,似乎都在涌向你的舷窗,向你同时伸出许多条手臂,而不远的山峰似乎愈来愈高大而成为难以逾越的屏障了。

稍一分心,山峰、海湾和城市已经不知去向,机下只有薄薄的云雾,云雾下面依稀可见的地面似乎是荒凉的,因为她不是墨绿,而是褐黄。从空中俯瞰下去,地面的颜色其实和地图标示的颜色相当接近,大海是天蓝色,丰饶的平原是绿色,而荒凉的山岭是深浅不一的褐黄色。

我是在去墨西哥吗？我再一次问我自己，就像在取机票的时候，在办理登机、出（美国）境手续和托运行李的时候，在机场候机室等飞机的时候，我都问过自己。我知道墨西哥是一个遥远的、美丽的、有着古老传统文化的国家，我知道她是一个与中国有着许多共同的或者类似的经验，有着许多共同语言和友好情感的国家，我还知道，包括墨西哥在内的拉丁美洲文学，在世界文坛上占有了愈来愈重要的地位。前不久有一位美国女作家在北京告诉我，拉美文学是当前世界上最重要的文学现象。（当然，我想，她所说的世界恐怕只是指西方世界）。特别是，当我知道，除去周而复同志曾经以政府副部长的身份访问过墨西哥，我是第一个以作家身份访问墨西哥的中国人的时候，我怎么能不兴奋，不感到自豪和使命的重大呢？

当然，我是在靠近墨西哥，在我的机票上，在飞机的外壳上，在空中小姐穿的墨航制服的胸前，都有明显的鹰头与“M”（墨西哥国名的第一个字母）的标志，飞机上广播一切事项都是先用西班牙语，机上的服务，显然比美国的一些航空公司的飞机服务更殷勤也更周到，她们不仅免费提供午饭和软饮料，而且免费提供法国红、白葡萄酒、啤酒以及水果……而且，听机上的广播告诉乘客们，现在已经是在墨西哥的上空了。

云慢慢地散去了，飞机似乎飞得相当低，山岭和丘陵，丘陵和山岭，像陆军战棋棋子一样大小的房子，都是墨西哥的。我想今年或者明年，我应该写一篇小说题名为《地的脸》《夜的眼》《海的梦》《心的光》《深的湖》《春之声》同属带“的”（之）字的三字形命题。大地的面貌、表情、微笑或者皱眉，美或者丑，严厉或者温情，狭长或者阔大，粗俗或者幽深，是那样的多样和多变，就像“人心不同，各如其面”一样，我们真该开开眼界，放宽胸怀，去见识见识，研究研究呢！

似乎是为了回答我的愿望，我的情思，大地向我开始展示她罕见的容颜：陆地和海，海和陆地，这弯弯曲曲的海岸线出于大自然的手笔，雄奇的线条中包含着妩媚，它神秘而又自如，好像产生于某个伟大天才的信手一挥，它亲切而又明晰，好像垂手便可以提取此线条如提取一条丝带。然后是风平浪静狭长如一匹蓝缎的海，洁净无瑕如玉，完整地镶嵌于两条海岸线之间。才越过一条弯曲的海岸线，才飞行在秀丽端庄的蓝海之上，已经看到了迎面渐渐推过来的另一条海岸线，更长，也更有力。而海，愈加脉脉含情，显现那蒙娜丽莎式的凝重的微笑。海水深浅不一，有的深蓝，有的浅蓝，有的发绿，有的绿中有黄，是辉耀闪烁的阳光，阳光中还有点点白帆、渔船、小岛、沙滩，海是动的，海岸线是动的，诸种光辉和颜色是动的。笑容本来就是一种推移变化的动态，一种内心的交流，一种宇宙和人之间的信息的传递，一种刹那间的会心的快意……哦！

“请！”坐在我后面的一对中年夫妇向我打招呼，我想他们大概是看出了我狂喜如醉的神态，也许我不自主地发出了惊叹的声音，那陌生的墨西哥男人递给我一张地图，指着那狭长的腋窝一样的海说：“这就是加利福尼亚湾，美极了！”

原来如此，我们的飞机从旧金山起飞，经过了洛杉矶和圣地亚哥的上空，又穿过了狭长的加利福尼亚半岛，正飞在加利福尼亚海湾的海面上，即将飞上墨西哥本土。那起伏的山峰，大概就是西马德雷山脉。我仔细地看着地图，再抬头透过舷窗鸟瞰，我想寻找出前面的海岸线的曲里拐弯是不是同样地标在了地图上。我对比地图上的加利福尼亚湾和大地上的加利福尼亚湾，好像关防工作人员审验护照上的照片与持护照等待入境的本人，我平生第一次觉得地图是这样真实、鲜活、充满了生命，代表着大地的面容。虽然我并没有找出相应的海岸线，也许那张地图的比例太小了，然而它们终归是一致的。

“你是从日本来的吗？”彬彬有礼的旅伴问我。

“不，我是中国人，我来自中华人民共和国。我是作家，应邀去访问你们的国家。”

我的回答使他的脸上显出了惊喜的表情，他的妻子本来在一旁沉默着，也转过头来看了我一眼，并向我微笑致意。

我高兴，我自豪。在美洲访问的时候，我曾经不止一次被当作日本人，买了东西或者吃罢饭付钱的时候对方不止一次对我说阿里嘎多（日语，意为“谢谢”），还有一次我在一个汽车加油站被一位韩国人认作同胞，每当这种时候我都要清楚地宣告我是中国人，我来自中华人民共和国。我希望更多的人知道中国人正在走向世界。

“那太好了！墨西哥是非常美丽的！”旅伴告诉我。当然，我深信无疑，就拿这加利福尼亚湾来说吧，美得令人心醉。快点飞吧，波音727，让我快一点儿踏上墨西哥的土地！

从六月十五日到二十二日我在墨西哥的首都

墨西哥城待了一个星期。

这是一个庞大的城市，当飞机来到市区上空，看到密密麻麻的建筑物、道路、汽车、绿地、人流之后，居然又飞了那么久还不到机场，使你在天空就为这个城市的一望无边而瞠目。楼房连着楼房，汽车挨着汽车，街道依着街道，商店傍着商店，摊贩望着摊贩。连天主教堂似乎也是一个又一个，遍地都是。人们告诉我，现在，它有一千四百万人口了，超过了全国人口的五分之一。

这是一个热烘烘的城市，虽说是位于海拔两千多米的高原，号称气候凉爽，毕竟地处北回归线以南，比到了六月还要穿毛线衣的旧金山热多了。而且，街道两旁是高大的棕榈、芭蕉……这些树中的望族呈现了特有的亚热带气氛。这里的人们的皮肤大多呈现着某种棕红健壮的颜色，表露着更多的夏天的热力。

这是一个世俗的、喧嚣的、拥挤的城市。小汽车缓缓爬行，几乎要在每一个路口停下来等候绿灯。虽然有严格的交通规则，但是仍然不时有强行抢行的车和人，过马路的狂奔颇类于玩儿命。大汽车走在街上，不但放肆地嘟嘟响着马达，而且冒着黑烟。人们在睡梦里不但要听取这一切车辆的噪声,而且听得到头顶的飞机发动机的强音。卖橙汁的当着你的面用鲜橙子轧出金黄的汁液,热蛋糕上流着巧克力和奶油。在我到达墨西哥前不久,墨西哥货币比索突然大幅度贬值,贬值的趋势有增无减,人们纷纷在抛出比索兑换(也许是抢购)美金。

这又是一个活跃的、冲动的、富有革命气氛的城市。大选前夕,街上到处是执政党的新的总统候选人的巨幅照片,还有一处用灯光组成的他的巨大的头像。墙上刷写着大字的竞选口号和政治标语,独立,繁荣,进步……执政党所执行的帮助贫民的政策至少有一点是令我这个局外人赞许的,不管物价怎样飞涨,面包价格严格地限制在最低水平上。两头尖的咸面包,我想按中国量制至少有二两,每个比索两个。折合中国人民币,每个不到两分钱。而且,所有的超级市场、食品店都卖面包,并无抢购、脱销、排队等情况。同时,在竞选前夕,左翼政党也联合举行了一次大游行,浩浩荡荡,红旗招展,还有不少以镰刀斧头为标志的旗子,这种场面我已经很久没有看到了。

这是一个民族的城市,又是一个国际的城市。在墨西哥城的国际机场我用英语询问问题时屡遭碰壁，机场工作人员冷淡地回答我说："我不懂英语。"这种情形，在我去过的西德国际机场，在我过境的东京国际机场，以至在我国的北京、上海、广州国际机场都是不可能发生的。而她离美国是这样近，美国规定寄往墨西哥（还有加拿大）的邮件邮资按美国的国内标准计算。在这里，脍炙人口的一句名言是一位前总统说的："墨西哥的麻烦在于她离天堂太远而离美国太近。"

这里的国际气氛、世界城市的气氛又是那么浓郁。根据我的东道主墨西哥学院的安排，在短短的一周里陪同我参观、访问的不仅有墨西哥的汉学家，而且有美籍、英籍、德籍的研究中国的学者，当然，还有来自我们本国的交流学者和留学生。墨西哥城街道的名称也很有意思，威尼斯街、维也纳街、罗马街，令人想起欧洲。（顺便提一下，托洛茨基的旧居就在维也纳街）。连商店和商品的名字也采用世界各城市和国家的名称。我在墨西哥城逗留期间住宿的一间公寓下面是意大利商店，我还以为它那里是专卖来自意大利的商品的，经询问后才知道不是，它经营的是地道的墨西哥国货，"意大利"只是商店的名称罢了。在我居住的公寓的对面，一个规模甚大、卖高档商品的百货公司，则是以英国的城市利物浦命名的。此外，短短几天，无论是从街头的广告牌上还是从电视的广告上，给我以深刻印象的一种球鞋的牌子是“加拿大”，然而，这种鞋并非加拿大进口。

在墨西哥城的访问当中，最难忘的应属六月十八日和十九日两天的活动。十八日，由美籍教授梅西陪我去参观人类学博物馆。梅西教授是专门研究中国古代民歌的，他非常熟悉汉代乐府，而且对中国的古代民歌与欧洲古典民歌做过许多有趣的比较，找到了一些不可思议的共同点。他是在美国海军的一所外国语学校里学习了中文的，他的中文说得相当准确，但比较慢，我们的交谈是用英语和汉语交替进行的，差不多各占一半，因为，我不肯放弃任何一个练习说、听英语的机会。

按照梅西教授的计划，本来我们先要参观一个现代美术馆，但适逢那里的职工罢工，不得进去。于是我们来到近旁的一个以某个私人命名的美术馆，里面陈列的也是现代派的作品。许多作品看完了也就忘了，但有两件给我以难忘的印象。一件是一种毛织品，姑且称之为一件壁毯吧，用各种颜色的毛线，织出不同的色彩、线条，尤其是凹凸不平的毯面给人以类似浮雕的立体感，其中有大大小小的无数螺旋形的纽结，引发着奇异而又纠缠不清的想象。还有一件活动、有声的雕塑也实在奇特。好像是一张会议桌似的长桌，周围是一张张的木椅，木椅被铁蒺藜丝缠绕着，桌上是一圈缓缓旋转的物体，形状和颜色恰似倒悬的剥了皮的羊，这种屠宰场式的景象映照在惨淡的青光之下，伴以如同远方传来的哭声似的哀惨阴森的音乐，给人以触目惊心之感，不知道是否反映着一种对人生、对世界的阴暗、绝望的感受。幸好这一天墨西哥的天空是晴朗的，从美术馆出来，到处是绿树繁花，是阳光灿烂，是五光十色的人，街道、商店、生活，否则，看完这件“艺术品”，也许会叫人半天喘不过气来。

墨西哥城的人类学博物馆是很有名的，而且梅西教授特别请了他的友人，一位身材娇小的女考古学家、历史学家为我解说。可惜，我对拉丁美洲的古代史、文化史缺乏起码的ABC的知识，因而，听了半天，仍是似懂非懂。查谟文化，玛雅文化，印第安文化，这些名词过去还是听说过的，但我不敢把听到的一星半点写下来，以免强不知以为知，以讹传讹。我的印象是，历史上，实际上是来自欧洲的征服者摧毁了这些文化，使之成为历史的陈迹，而当今的墨西哥人又怀着十分珍爱、自豪的心情与极大的兴趣来保护这些文化遗产，研究这些文物。远古的石器、铜器、陶器，特别是其中那些容器，使人想起故宫博物院的某些陈列，难怪有人认为墨西哥的古代文化以至人种与中国有密切的关系。但这些器皿也同样使我想起西德科隆的那个著名的利用炸弹坑修起来的古罗马博物馆，似乎那些陶器也有许多共同、相通之处。这种发生在远古时期（那时候各个大洲之间是无法交往的）的文化上的共同现象，不知道应该怎样解释。

有一件宗教器具给我以很大的刺激（应该说，各国的古代文化许多都带有某种宗教色彩），那就是“羽蛇”。“羽”，是因为这件想象中的动物身上刻着羽状花纹；“蛇”，看不出来，按中国人的眼光，宁可把它看成龟。“羽蛇”的形状似一个大龟，但背部凹下去，如一大笸箩。梅西教授告诉我，这是古代祭太阳神用的，那时（什么年代）人们把活人的心放到这个容器里祭太阳神，因为他们相信，如果不这样祭的话，太阳就会熄灭而世界也就会面临末日。每次祭神仪式，都要宰杀好几百活人。

这是真的吗？身材娇小的女考古学家断然声

称："我不相信这种说法。"那么，这是后人对于先人的诽谤吗？抑或西班牙征服者对于土著居民的先人的诽谤？还是并无恶意的误解误传？然而，哪怕这样的事仅仅出现于想象、猜度、谣传之中，也够两条腿走路的万物之灵的人之子们惊之吓之，思之叹之，哭之恨之了！

六月十九日，按计划是参观著名的金字塔古城特奥蒂瓦坎。特奥蒂瓦坎，又称"上帝的城"，以象征太阳和月亮——按照中文习惯，我想可以称之为日坛和月坛的两个金字塔而闻名于世。

陪同我参观的除梅西教授外，还有一位英国女汉学家，名叫艾华，她大眼睛，矮个头，短头发，精神十足。她曾经在北京大学读过两年中文，不但汉语说得不错，而且举止神态似乎也感染了点中国味道。例如，她待人接物当中，就时时显出一种东方式的谦逊和善，面带微笑，而不像某些人那样显得趾高气扬。还有一位西德女研究生英格丽特，单纯、朴素、健壮，有点儿像个小伙子，也是非常友好的。她告诉我，她出生在西德慕尼黑附近的一个小镇，60年代因参加左翼学生运动而与当局发生矛盾，后来又与极"左"派意见不合，便出国来到了墨西哥，她曾经两次自费到中国旅行，而且今后只要有可能，还要到中国来。她放弃了许多可以赚钱的机会而到墨西哥学院研读中文、历史等科目，过着非常朴素的生活，她说："要赚钱，办法多得很，但我追求的不是钱。"这种志趣也很值得钦佩。同时，她激烈地抨击美国生活方式的一个象征——可口可乐，由于未征得她本人的同意，我不便把她的原话写下来，但我要说，听了她的话之后，我再没有喝过可口可乐，可见她的话的说服力了。

同行的还有我的同胞，北京外文局的小刘同志，他是研究西班牙语的，到墨西哥去进修，现在同时上着两所大学，是一个苦读寒窗的人，这一天也很高兴有机会到郊外走一走。

"上帝的城"在墨西哥城的北面，据说早在公元前就开始了这里的建设，但当西班牙征服者到达这里的时候，这个城市已经废弃了七百五十年以上了。进入这个古城遗址以后，首先映入眼帘的当然是磅礴巨大的日坛和月坛，这是两座建筑物，也是两座人工合成的山，方正，匀称，底盘大，层次清，给人以一种突出的稳定感和威严感。除了日坛、月坛以外，似乎遍地都是类似金字塔的建筑的基础，看样子是从地下挖掘出来的，上层不见了，塔形不见了，但方正的基础仍然无恙，并可以看出不少兽头、花纹、浮雕式的装饰。其中有一些小方块的密密麻麻地排列，使人很容易联想到那成熟、饱满的玉米棒上凸出的玉米粒。墨西哥是玉米的故乡，全世界的玉米都是从墨西哥老家移民出来的，它的古建筑装饰花纹受玉米的影响，也是可能的吧？

从入口通向“月坛”并从“日坛”前经过的是一条笔直的街，西班牙语称之为“死亡街”。有一种说法是古代把牺牲者通过这条街道送到金字塔前，宰杀祭天，而且是专门挑选最美丽最健壮的年轻男女来做牺牲的，我听后不禁毛骨悚然。但那里出售的向旅游者介绍的小册子却不是这样说的，小册子说，西班牙征服者称这里为“死亡街”，是因为他们确信当年帝王死后在这里升天成神。但还有另一种说法，是说这里原是诸神汇集，创造日、月的地方。说法的不同，科学考证与揣度传闻的混淆并没有影响游客对它的兴趣，相反，更增添了它几分神秘的魅力。

我们也登上了日坛，背后是巍峨的东马德雷山，其他三面非常开阔，田野、树木、古城遗址，洋洋大观。据说到了晚上，日坛上要用彩色灯光照明和播放现代音乐，真不知道这种摩登化的处理会使这一早已死亡的古城呈现什么奇观。

登月坛的时候就有点儿吃力了，而且月坛的石阶每一级与另一级的距离特别大，要像练武术一样把腿抬得高高的才能攀登上去。先是梅西教授打了退堂鼓，他声明，他不上了。我也开始退缩，尤其是我头一天晚上睡得很不好——不知是不是被那个“羽蛇”给吓得。但是小刘已经一马当先跑到了顶端，艾华和英格丽特两位女将也正奋力攀登，“踏遍青山人未老”，我想起了这诗句，干脆，上！也就上去了。很值得，虽然月坛没有日坛高，但在月坛上的观感与在日坛上的观感完全不同，在月坛上，迎面看到的是笔直的长街——死亡街，有一种更加古老、悠远、深幽、神秘的感觉，而在日坛上，看到的更多的是一种横向的阔大与严谨。

而后我们在河边树荫下的野餐，轻松愉快，谈笑风生。艾华临时拌鲜美生菜沙拉，英格丽特特意烤制了两只鸡，梅西带了葡萄酒，我带了西瓜。他们告诉我，他们都来过好多次了，但金字塔是百看不厌的，而且每次来都有新的发现，新的收获。归途中，值得纪念的是我吃到了仙人掌的碧青如玉的甜果。

这一天已经够疲劳的了，但是晚间，我又在我国赴墨交流学者萨那、张玉玲夫妇陪同下登上了墨西哥城市中心的拉丁美洲塔。所谓拉丁美洲塔，其实不是塔，而是一座四十多层的建筑，到了最高层的屋顶上，只见四面灯光，璀璨无涯，而玻璃屋顶又反射出许多五颜六色的灯火，如横空出世，不是与星月争辉，而是远比星月更光辉了。

也就是在这个拉丁美洲塔上，而且是在震耳的迪斯科大喊大叫的乐声中（楼上便是夜总会），我们看到了左派的大游行。

这就是墨西哥，这就是生活，这就是当代。古迹与现实，崇高与俗鄙，金字塔与迪斯科，霓虹灯与镰刀斧头红旗，交叉在一起，旋转在一起，撕扯在一起。

墨西哥之行当中，最重要的一次活动是一次座谈，墨西哥朋友称之为“作家圆桌会议”。座谈原定六月十七日举行，有墨西哥城、阿根廷、智利的作家和我参加。谁料到六月十七日那天，警察局接到告密电话，说是有人在墨西哥学院埋放了定时炸弹，于是警方马上采取措施，紧闭学院大门，进行搜查。会议也不得不改期到六月二十一日。因此,阿根廷的一位作家就未能参加会议了。

会议的议题是“现实主义与现实”,拟题人解释说,这个题目非常之大,可以在这个大题目下随便谈任何自己感兴趣的问题。

会议主持人,也是接待我这次访问的主要东道主,是墨西哥学院亚洲与北非研究中心的中国研究室负责人弗萝拉·巴东女士(中文名字白佩兰)。她同时是一个妇女杂志的主编,每星期还要到电视台做一次谈话,谈话主题有两个,一个是关于妇女,一个是关于中国。她的工作非常之忙,性格开朗活跃。感谢她的热心,用不到两个月的时间,组织一批墨西哥学院的汉学家和来自中国的留学生,把我的六篇小说翻译成了西班牙语,在正式出版以前,先影印出若干份,发给了与会者及其他有关人士。

结果,会议实际上变成了对我的作品的讨论。他们说了许多热情肯定的话,这里就不多写了,后来,围绕着两个问题有所讨论。一个是我说的,我的写作是为了人民,是要对人民有好处。有几个人提出了质疑。这里要说明一下,所谓圆桌会议的参加者只有五个人,但会议是“开放”的,前来听这个圆桌会议的有五十个人,包括一位前墨西哥驻中国大使。这些列席者也可以提问并参与讨论。

质疑者问,难道莎士比亚写某个戏的时候会考虑到他是为人民而写作吗?而且,什么叫人民呢?人民是个看不见、摸不着的概念。

我回答说,优秀的作家都是爱人民、同情人民的不幸、关心人民的痛痒,与人民同甘共苦、跳着共同的脉搏的。因此,宏观地说,作家总是在表达着人民的爱憎情感,多多少少充当着人民的代言人的。当然,每个人的自觉程度不同,历史上也会有这样的作家,不承认自己的创作与人民有什么关系,坚持认为创作只是他个人的事,然而,文学与人民的关系,与社会的关系,这是一个客观事实,并不决定于作家的意图和声明。而中国作家,多了一点儿自觉,自觉地承认自己写出东西来是给读者看的,是为了对人民有点儿好处。这是从总体上来把握的。至于在创作过程中,作家沉浸在一种创造的冲动、激情里,他也许常常体味到一种把什么都忘了的心境,这并没有什么奇怪。

至于人民是不是空泛,我问,有什么空泛的呢?那在田野上和机床旁劳动的,不就是人民吗?包括我们大家,不是人民吗?

想不到这后一句话受到了反驳。一位年轻的女孩子说，墨西哥与中国不同，她没有经历过一场真正的革命，因此，与会的他们，算不得人民，至多算作小资产阶级罢了。

第二个问题是，一位墨西哥作家说，读了我的作品后觉得心情有些压抑。另一位女作家说这是理所当然的，因为人生本来就是痛苦多于欢乐，文学的使命正在于表达这种痛苦。

智利作家哈米耶·瓦尔迪维耶索表示不同意这种看法，他说，在王蒙的小说里，充溢着的正是对于革命的信念，对于社会主义制度的信心，中国人民将能解决他们面临的问题，这是肯定的。

我说，生活不是单一的，情绪也不是单一的。欢乐和痛苦，压抑和奋争，胜利和挫折，常常交织在一起。从整体来说，我们仍然是乐观的，有信心的，同时，我们又是现实主义者，承认现实存在的一切麻烦、矛盾。至于说人生就是痛苦多，那不见得，比如我现在和墨西哥的朋友们一起座谈，我感到的是一种友谊的温暖和相知的快乐，而不是痛苦占据着我们的心。我说完，他们笑了。

我还说，作为一个写小说的，我愿意劝告他们不要过分相信某些小说里的那种悲观、厌世、绝望、疯狂……的情绪，有些作家就是这样，他们把这种情绪传播给读者，令读者看后不再想活下去，但这些作家本人并不准备大量服安眠药，说不定，他们活得还津津有味呢。我的这个说法引起了更大的笑声。

会后，有那么多与会者涌向前来，与我握手，要我签名留念，墨西哥电台的一位工作人员还请求我同意他们在广播节目中朗诵我的某些小说的西班牙语译文。这种热烈的场面和气氛，是我在西德、美国访问时从来不曾遇到过的。第三世界国家，感情就是不同啊，我们的作品，在这里似乎也能够得到更多的理解和同情，这是多么令人高兴的事。这一天，我非常感动。

在墨西哥的短暂访问已经结束很久了，但一想起墨西哥来，仍觉得有热浪在心头翻腾。不，墨西哥既不遥远，也不陌生，她是我们的朋友，我们的近邻，我一定还会再去造访她的，因为那里的读者也像中国读者一样真诚和热情，而这样的读者，并不是在世界上随便什么地方都能找得到的。而且，她是那样不可思议的美丽，她的人民，对中国又是那样亲近和友好。

发表于《收获》1982年第5期

# 塔什干晨雨

在塔什干的十二天过得非常热闹，一切声音、色彩、形象、表情，似乎都强化了。电影节嘛，银幕上放大了的生活不能不影响到银幕下面和电影院外面。

五月二十二日从莫斯科一抵达塔什干，参加电影节的外国客人便受到了载歌载舞的盛大欢迎。此后到达中亚历史名城撒马尔罕的时候，出席列宁集体农庄的宴请的时候以及当晚离开撒马尔罕的时候，那种长柄唢呐呜呜、手鼓与大鼓嘭嘭、上百名少女穿着乌兹别克彩裙（式样花色与我国新疆和田维吾尔女子常穿的彩裙无异）翩翩起舞的场面又再现过三次。

还有频频的献花。感谢那位年老的女服务员拿给我一个花瓶，很快，我住的宾馆四〇九房间的花瓶里便插满了鲜花。估计那些参加塔什干电影节的美貌的电影明星们得到的花束会更多些。还有好几次盛大的招待会，讲话、敬酒、烤羊肉串、抓饭，吸收了乌兹别克民歌旋律的摇滚扭摆舞，一切都是大张旗鼓，好像一个电视接收机，所有的旋钮都拧到了最大限度。

当然，不能不提到我们每天的主要活动——看电影。如果把正式参加电影节演出的故事片全部看完，上午、下午、晚上各两部，每天就要看六部……您倒是试试，一天看六个电影，连看上几天，您的头会爆炸的。

还有在饭厅、在前廊、在大门口与各国电影工作者的友好会见。为了使别人听得见自己讲话，连举止最为优雅的标准绅士也要扯起喉咙叫喊。还有录音采访、摄制纪录片、记者招待会、参观市容、私人会见、兑换卢布与购买纪念品，还有当我们这些外国客人集体“出巡”时三轮摩托警车的开路与卫生急救车的殿后……

总之，每天都是热热闹闹、闹闹哄哄、轰轰烈烈、欢声笑语、气氛十足。于是我睁大了眼睛，挓挲起耳朵，调动起口舌，努力看、听、说和吃，努力从中亚细亚这座很有气魄的城市，从它的电影节内外活动中接收更多的信息。我当然感谢主人的精心安排与热情好客的接待，我也喜欢这种热烈和热闹的气氛。但随着时间的推移，我又似乎有几分惆怅。大概写小说的人不一定那么适宜参加电影家的活动吧？与大轰大嗡的电影相比，我们的小说是多么文静、多么娴雅、多么忧伤啊！写小说的人也许宁愿场面小一点儿、声音低一点儿，哪怕是带着追怀和失落的伤感的复杂心情，去探寻这块我们自幼熟悉却又变得如此陌生的、近在咫尺却又远在天涯的土地上的谜语吧？

请原谅，我在电影节上新结识的朋友，还有我国的电影工作领导部门。在塔什干的最后几天，我想的是，电影节好是好，一辈子参加一次也就够了，生活毕竟不是电影，日子也并不都是节日，哪要得了那么多载歌载舞和宴请？

根据以往的经验，我知道，当时光的流水冲刷过去以后，盛大的东西并不总能留下深刻的印迹。已经是一九八四年六月一日的夜晚了，六月三日凌晨我们便要告别塔什干，这热热闹闹的一切便从此烟消云散了吗？

我似乎有点儿不甘心。六月一日夜晚，我怀着依依惜别的心情，穿过旅馆门前的地下通道，来到马路对面的树林里。

真是瞎忙！在这座宏大的旅舍住了整整十天，竟一直没有到对面看看。这是一个街头公园，花和树整整齐齐。有几株三个人合起来也抱不拢的大树，显然是栽植于70年代大地震之前。报刊亭已经关闭，冷饮店生意兴隆，尽是争饮格瓦斯与百事可乐的红男绿女。是的，这一天是周末，周末还是很有气氛的。一座饭店的窗户遮着严严实实的窗帘，从中传出迪斯科的乐声，节奏鲜明急促。门口有维持秩序的警察。有一个妇女在气愤地喊叫，似乎她是来找她的女儿，不知向警察诉说了什么。再绕过去就安静了，在安静的花园中心，矗立着高高的纪念碑，老远就看得见纪念碑雕像的大胡子。是马克思？又像，又不像，我好像不能判定。走近了才看清楚，是马克思。

回到旅馆我就沉沉入睡了，睡到六点多钟便醒了过来。这里的人们一般都是睡得迟也起得迟的，六点钟是一个很早的时间，但我不想再睡下去。梳洗完走到门外，真难得，天阴沉沉的，淅淅沥沥地下着雨，吹到脸上的是湿润凉爽的风。塔什干的夏季历来是炎热无雨的，不过才是五月下旬，我们这些电影节来客便已经尝到了塔什干之夏的威力。当我询问当地的朋友塔什干夏季的降雨情况的时候，被问询者的回答是“根本不下”。今天又是怎么了呢？

街上的行人和车辆都很稀少，在地下通道里倒看见几个行色匆匆的人在朝另一个方向——地铁站的方向走去。我从对面的通道口出来，看到了地上的泥泞，原来夜间雨下得不小呢。一圈又一圈的鲜红的、粉红的与黄色、白色的玫瑰，五月底六月初，正是玫瑰盛开的季节。树大部分似是枫杨，树叶像枫，树干是杨。塔什干不愧是花与树的城市，在这干旱少雨的地方，到处有着众多的花与树。也许正因为干旱少雨，人们才更懂得爱惜花草树木吧。

报刊亭已经睡了一夜了，现在也仍然不到营业时间，亭里亭外杳无一人。但是毕竟已是白天，隔着窗玻璃可以看到几份报纸、画报和为旅游者准备的风光明信片。夜总会——我想昨晚有个母亲在诉说的那个地方可以叫作夜总会吧——与冷饮店也都变得安安静静了，它们都在休息。

好安静啊，来塔什干十几天还从没有这样安静、凉爽、潮润过，连雨打在脸上、头上也是舒服的。

我缓缓地再次走到了马克思像前。马克思像

静静地待在一个静静的地方。碑有三层楼高，由青白色的条状巨石筑成，上面的石头比下面的石头还要宽大些，矗立在那里像一道强劲的光柱，威严地向天空放射。当然基石还是大的，但碑并不在基石的正中，似乎有一点儿不平衡。这不平衡却被马克思的飞扬的胡须平衡了。马克思的须发扬向一方，是神采飞扬，是愤怒，是呼唤着历史的风暴。然而他沉默着。

我虽然不懂雕塑，但这像这碑仍然强烈地感动了我，也许更主要的是因为它是马克思。我走近细看，发现碑下用多种语言写着字。其中中文是繁体的：全世界无产者联合起来。

此外，我能辨认出的文字还有俄文、英文、法文、西班牙文、德文、阿拉伯文，等等。从中文繁体来看，此碑的建成不会晚于20世纪50年代中期。我看着这碑、这像、这文字，感从中来，喟然慨叹。

雨却愈下愈大了，我的头发已经变得湿漉漉的。看着横穿马路的地下通道入口，还远，而且有泥泞。近处没有房屋。

只有一株株大树，正好避雨。我紧走了两步躲到树下，这树冠又大又密又厚，雨虽然还在下，树冠的下面却是绝对的干燥而且安全。站在树下，听着雨声，看着雨、树、花、马克思碑，我觉得如梦如画，似喜似悲。

这时从远远的对面走来了一位中年俄罗斯妇女。从长相和穿着上，我相信我还是能分辨出中亚细亚各民族“土著”和俄罗斯人的。这位妇女身穿质料朴素的绿花纹的连衣裙，长圆脸，目光严肃中充满温柔，脸色不算很健康。她没带雨具，匆匆站到了我斜对面的第三株树下避雨，到了树下以后，她庆幸地一笑，和我找到我的“保护伞”时的表情一样。

然后她回转身来看着我，我也看着她。我猜想她是一位辛劳的有教养的工作者，我相信她的肩膀上有一副并不轻松的生活的担子，然而她还是快乐和充满希望的。我猜想也许她的丈夫没有好好地待她，否则她的目光不应该是那样。我猜想她正在猜想我是什么人。在塔什干，正像在旧金山一样，我多次被人当作日本人，也着实可叹。我们的脸上都出现了笑容，我们都感到一种安慰，我们似乎已经用目光和笑容互致以美好的祝愿，虽然我们谁也不知道谁。虽然雨还没有停，天阴得很沉。

发表于《人民文学》1984年第8期

# 塔什干

## ——撒马尔罕掠影

虽然还只是初夏，这里炎热、干燥，到处是没遮拦的阳光，到处都明亮耀眼。这里到处是宽广的街道，虎踞龙盘的巨大公共建筑、雕像、纪念碑和喷泉。这里到处是方方正正的绿地、树木、青草、花坛，酷热中仍然生机无限。这里到处都是标语口号、宣传画、警察、勋章奖章、棉桃图案。乌兹别克苏维埃社会主义共和国以盛产棉花而功勋卓著，而荣膺列宁勋章。这里有专门的节日“棉花节”，连入夜以后街头的霓虹灯图案也既不为招揽理发，也非轻松甜蜜的酒吧，更非可口可乐，而是红红绿绿的棉桃。

这就是著名的塔什干，按照乌兹别克原文，塔什干便是“石头城”“石头村落”的意思。

我觉得它丝毫也不陌生。50年代我曾欣赏

过她的著名艺术家塔玛拉·哈农唱的中国歌曲《有吃有穿》《伟大的毛泽东》,看过她的电影《棉桃》,记得少年植棉者与“热风怪”战斗的故事。后来我知道印度、巴基斯坦领导人在那里会谈的“塔什干精神”。还有茅盾为团长的中国作家代表团参加过的“塔什干会议”。

我欣然同意去塔什干。我真想看一看塔什干。我觉得我实在应该去塔什干。我去参加塔什干电影节,其次是为电影节,首先还是为了塔什干。

她不完全如我的想象。在塔什干,很少有什么特征能使你看出她是两千年前便已存在、九百年前兴旺发达起来的古城。你很少能见到伊斯兰宗教文化的代表物。而且,她也不像我事先想当然地认为的那样凉快。

还是五月下旬,在那里每个白天都是在阳光的烘烤下度过的。旅馆里的微弱的空调,完全不能缓解她的酷热。

可能是由于一九七五年阿施巴罗德大地震的影响,除了旧城的一个旧清真寺以外,我很少看到旧建筑。在绿树掩映之中,到处都是一块一块的厚大公共建筑,穿插以同样厚大的喷泉、花坛、街道，使你感到十分宽广恢宏，甚至有几分铺张。

除了不多见的圆拱形的和桃形的门洞以外，它的建筑的民族特点似乎主要表现在建筑外的图案装饰上。与欧洲式建筑的浮雕式外观、与中国古建筑的结构式外观不同，塔什干的建筑的外观主要是单纯而又细密的图案。我们下榻的宾馆，窗外满是混凝土制作的方框，方框互相套起来，使人想起汉字中的许多“回”字和“四”字。在列宁博物馆，图案是菱形的，最靠外的是几个大的菱形，里面是小的菱形。在政府大厦，图案是竖条形，像是由笔直的圆木组成的木排。

这些建筑巨大庄严，有时候显得有点儿空旷。例如塔什干的“电影之家”，其规模与建筑之精美当然会叫任何一个国家的电影工作者羡慕，但里面的摆设太少了。名义上有一个酒吧，饮料的品种与顾客都那样稀稀落落，能够叫人随便坐一坐的沙发和椅子也很稀少，这就影响了这个城市的亲切感与充实感。

穿行在这个很有气魄的城市，有时你觉得你是穿行在一个辉煌的展览会上，到处都是崭新的、方方正正的、横平竖直的大厅、前厅、楼梯、走廊和摆得好好的展品，连树木也成行成列，草地也见棱见角。有时候你会产生一种愿望，想看一点儿不那么规则、不那么认真地存在在那里的东西。比如说，有没有一条弯曲的小溪、一条蜿蜒的小路、一株歪脖子树？你会渴望知道展览会外面和后面的生活，而生活是永远不会装饰得那样辉煌而又切割得那样齐整的。

甚堪告慰的是我总算有更多的机会与塔什干的普通人相接触。

这是我塔什干之行的最得意的一笔——操当地的语言与当地人民直接交谈。

去塔什干前我在新疆的朋友和民族出版社的朋友帮助下做了些准备。把大部分维吾尔语单词中的前元音变为后元音，把一些弱化了的辅音还原回来，再更动一些词，差不多就完成了从维吾尔语到乌兹别克语的过渡。当我到达塔什干，听到当地居民用我所熟悉的语言交谈，而我常常出其不意地“跳出来”与他们打招呼、与他们攀谈的时候，当实践证明我有足够的与他们通话的能力的时候，我是多么高兴啊！也许他们听着我的口音觉得有点儿怪，就像河北人听陕西人讲话似的，但毕竟可以直接交流思想感情了啊。所以，在去撒马尔罕的旅游专列上，老列车员马上称我为“自己人”“兄弟”“我的朋友”，还多给我们换了一壶新茶，与我一见如故地推心置腹地大谈家常。在撒马尔罕，有一位翻译陪同人员，在我与他用当地语言交谈之后，他拍着脑门惊呼：“我从来没有这一个念头——一个外国人会说乌兹别克话！”而我，也就踌躇满志，沉醉在乌兹别克—维吾尔语的交谈里，甚至忘记了这是在异国他乡。

撒马尔罕则是一个神话般的地方。它有两千五百年的历史，是我们的丝绸之路的北路经过的一个城市，更是一个大旅游城市。

因为它相当完整地保存着一个十五世纪至十七世纪的伊斯兰教建筑群，电影节组织者招待我们到撒马尔罕来参观。一到撒马尔罕，便看到了那巨大的圆拱桃形（顶部突起一个尖）的屋顶。它立刻使人想起了悠远的历史和民族文化的巨大差异，想起地球上的人们的生活是怎样地多彩多姿。

撒马尔罕的建筑是古老的，但也不乏新建筑，像苏军烈士纪念馆、城市历史博物馆、乌鲁克拜克雕像，等等，但总的来说这里古老的气氛太浓烈了，现代的建筑实在难以超越它。这座城市更像一个博物馆。汽车经过撒马尔罕的郊区的时候我们看到了一些农民的住宅，大多还是一些简陋的土房子。

但撒马尔罕的人给我的印象相当年轻。他们载歌载舞地举着大馕欢迎和欢送我们，他们显得诚实、淳朴、热情。

尤其难忘的是在列宁集体农庄举行的露天宴会。树荫下，小溪边，长桌一个连着一个摆了半里地，大家无拘无束地说笑着、吃喝着。我与英语翻译阿那托里坐对面，碰杯之后我一口气干了一杯伏特加，阿那托里高兴地搂住我，吻了我三次。他是一个快活的小伙子，样子真像捷克斯洛伐克的故事片里的好兵帅克。

宴会举行了三个多小时。坐得太久了也会疲劳，我中途悄悄离席散步，碰到了农庄的庄员们，当然，我又大显身手了——与他们用乌兹别克语交谈。当他们知道我更擅长维吾尔语以后，他们立刻叫来了农庄的几个维吾尔族小伙子。我们一见如故如亲，他们把他们的花帽给我戴，把他们的长柄大唢呐（当地人称为卡那）给我吹，并与我一起合影留念。

我在塔什干待了十天，在撒马尔罕过了一个白天。在旅游画册的英文解说词中，有这样一段话："塔什干是和平和友好的城市，是林荫大道、公园和喷泉的城市,是好客和慷慨的城市。"在塔什干,还有一条标语:"塔什干像鲜花一样盛开"。看过那里的城市和人民,我并不怀疑这些介绍和标语口号的真实性。我相信各种障碍和壕沟终将被历史的潮流冲决和填平,我们和塔什干、撒马尔罕以及阿拉木图、杜尚别这些城市的交流和往来将会得到更好的恢复和发展。

1984年

# 大馅饼与喀秋莎

一个闪光的铜制浮雕牌。那是一艘欧洲式的古老的帆船,大大小小重叠着七个帆。由于饱满的大洋上的风,顶部的方形的帆被吹成了蝙蝠的样子,两翼鼓胀,意在腾飞。几条曲线代表着起伏的波浪,龙身一样的花纹代表着船身。在里姆斯基·科萨科夫的《天方夜谭》组曲伴奏声中,帆船开始了航行,震摇,浮沉。左上角是一颗四角星,星光闪烁了,下部的几个大帆金光耀眼,上部的小帆离开了船,化鸟凌空而去。

这个浮雕铜牌是苏联汉学家托罗普切夫送给我的礼物。九月上旬,谢尔盖·托罗普切夫的妻子尼娜·勃列夫斯卡娅参加苏联一个教育工作者的团体到中国来访问,把这可爱的生日礼物捎给了我。

托罗普切夫还用毛笔蘸着红墨水用中文给我

写了一首“诗”：

前半辈子骑瘦马，
后半弹起冬不拉，
海的梦呀不太晚，
乘风扬帆到天涯。

外国人写的中文诗，难求完整雅驯，其情意却是真挚可感的。诗的前两句出自拙作《杂色》，第三句出自拙作《海的梦》，最后一句大概就是指他送给我的帆船了吧。

这使我想起在莫斯科托罗普切夫家度过的那个美好的晚上。

一九八四年三月，从我国驻莫斯科使馆的工作岗位上归来的王德胜同志带给我一封苏联汉学家托罗普切夫的信。这位我未曾谋面的苏联汉学家在信上说他很喜爱我的作品。他说，苏联的读者将能够很好地理解我的作品内容。他还说，他最喜欢我的中篇小说《杂色》，他说，如果他写小说，他也将这样写。

随信，捎来了苏联出版的《当代外国文学》等两本杂志，杂志上有他写的评价我的作品的文章。

王德胜同志介绍说:托罗普切夫正在废寝忘食地翻译你的作品,以至他的妻子抱怨说,托罗普切夫最爱的人并不是她。

其情可感!我给他回了信,并告诉他我即将去参加塔什干电影节的消息。

在“五一”节到来的时候,我收到了他祝贺节日的卡片,他邀请我到莫斯科后,去他家做客。

五月二十日莫斯科时间中午一点半我们到达了莫斯科国际机场,前来迎接的我国使馆的同志告诉我:托罗普切夫到机场来了。

费了好长时间办完了入境手续以后,进入候机室,我见到了他。高高的身材,一身白色西服,宽宽的橙黄底色加淡紫色斜纹领带。宽大的额头,微微有点儿秃顶,长方脸,细长的眉毛,鼻梁比较长,下唇微微凸出。他的脸上含着笑,那是一种相当朴素的,应该说是谦恭和富有耐性的笑容。

“我是托罗普切夫。”他一说中文就显得紧张和吃力。在信上,他写的汉字相当不错,文句更是通畅无误。

“能不能到我家里去做客?”他结结巴巴地问,期待着回答。

直到这一天的晚上,才在电话里确定了去他

家的时间。他一再说："我很高兴，我很高兴。"

他的样子文雅、谦逊，我要说，还有热诚。他说中文的窘迫样子却令人难受。甚至躺到床上以后，我的脑海里还一再闪过他用力说话的"画面"，我替他觉得吃力。

五月二十一日晚上六点钟，我们中国电影代表团的全体成员还有大使馆一等秘书张敏鳌同志一起来到了他的家。是那种我们常见的单元式楼房。三间屋，都是十二到十四平方米大小，不算宽裕，但很精致。镶木地板，塑料壁纸上画着的是褐色地砖的图案，乍一看，你还以为是砖砌的自然纹路呢。墙上挂着风景画和照片，书橱上放满了五颜六色的艺术品。窄窄的门厅过道里安着电话，整个家给人以紧凑充实之感。

托罗普切夫的妻子叫尼娜·勃列夫斯卡娅，也是学中文的，显得善良而且活泼，微笑一直洋溢在她的脸上，她的中文说得相当流利，靠她的辛劳，长方形的桌面上已经摆满了各种菜肴和饮料。其中给我印象很深的有一种小的椭圆形的瓜，瓜皮凹凸不平，我觉得那更像一个玩具。还有一种大茴香菜，可以生吃，也可以放到红菜汤里调味。香槟、葡萄酒、白兰地（俄语似乎不叫"白兰地"而叫什么“沃尔尼亚克”)和伏特加都很充足。我连喝了几杯伏特加,觉得比年轻时候在苏联展览馆的莫斯科餐厅(现北京展览馆餐厅)初次喝伏特加的印象要强得多。看来年龄会改变体验,会帮助你接受最初觉得陌生的东西。

最后端上来的是像陕西的锅盔一样大的大馅饼。尼娜告诉我们说,俄罗斯谚语说,没有大馅饼的房子不算好房子,我们都高兴地大笑起来。

托罗普切夫夫妇只有一个十一二岁的女儿,名字叫喀秋莎。正式的称呼该是卡杰琳娜吧?不知道对不对,而昵称大概是卡佳。

喀秋莎的短辫子上扎着绸带,穿着朴素大方,非常文静。我们在客房里说说笑笑的时候,她一直躲在自己的房间里,一声也不出。

吃饭中间,尼娜把喀秋莎叫到我们面前,宣布说:现在的节目是由喀秋莎演唱《喀秋莎》。

喀秋莎开始唱的时候略显羞怯,于是尼娜帮助她唱,我们也哼哼着,应和着,手和脚打着拍子。

似乎有一小节——按中文歌词是“喀秋莎站在峻峭的岸上,歌声好像明媚的春光”,她唱到这里走了点调,那又有什么呢?她是个孩子。天真,待客的热情,拘束而又快乐的会面,能把一切走调弥补。

而且,她的名字有多好啊！她就叫喀秋莎。

唱完歌,我们鼓掌,掌声中,她坐到钢琴前,弹了一段小小的乐曲。

尼娜和谢尔盖的脸上泛着光。我想建议他们修改一下那句关于“大馅饼”的谚语,我觉得俄罗斯谚语应该是这样的:没有喀秋莎的房子,不是好房子。

喀秋莎用汉语对我们说:“谢谢。”

后来我们一起喝了咖啡,喝了拉脱维亚加盟共和国首府里加出产的能够令人长寿的药酒,吃了一点儿也不比大馅饼逊色的尼娜自己烤制的大蛋糕。蛋糕的表面好像浇了一层玫瑰油,红香可爱。

临走时,我把我自己手头有的我近年出版的七本书送给了主人,他们送给我一个胖娃娃,俄罗斯人叫这种玩偶“玛特柳什卡”。玛特柳什卡没有腰身,像个大油桶,但红润丰满可爱。

我为所有的喀秋莎,为拥有上好的大馅饼的家庭,为我的新朋友托罗普切夫一家祝福。

1984年

# 晚钟剑桥

人总有这种时候，忽然，什么都忘了，什么都没了，剩下的是澄明，是快乐，似乎也是羞惭，更是一种消失。那个有时候是疲劳的、警惕的与懊恼的、絮叨的与做蠢事的自己不见了，那个患得患失的“人之大患”不见了，却仍然有一颗感动得无以复加的心。

说的是一九九六年五月二十三日，已经几天了，阴雨连绵。那天中午我与妻子在伦敦英中中心与几个学者、研究生座谈中国当代文学。开完会，连忙赶往火车站。坐上郊区的支线车，经过一片片的绿树和田野，向剑桥方向驶去。

剑桥是一个小镇，在细雨中若有若无，如灰如绿。她的稀落静谧，不高不大不新的房子，不宽不大不拥挤的道路，我行我素，不事声张，好像和这阴霾的天气与寒冷的春天一道，打老年间就是这个样子。

下车先去会场。在中文系一间办公室里换装，打好领带，人五人六地来到大课堂讨论教室。座无虚席。读准备好了的英文稿，并时不时用不标准的英语即兴发挥一下，我不会放过这种“实习”英语的机会。遇到回答提问，就要请翻译帮忙了。英英中中、读读笑笑、问问答答，打成一片。活跃热闹的气氛似乎给平静舒缓的剑桥大学的这个小角落带来了一点儿喜气。由于听众中有一半人是来自祖国大陆的留学生和教师，可以从他们的脸上读到一种关切和喜出望外的神情。他们提的问题也很在行，显然他们身在英国而时时回眸祖国——那一片神奇的土地。

在一片真实的与礼貌的赞扬声中离开会场，去大学贵宾馆。经过古老的、上方是耶稣与圣母的浮雕的拱门，穿过这个砌满石条的院落，进入一座厚重的建筑。想不到这座楼房的底层是一个封闭的室内桥，桥下是小溪，桥的两侧是玻璃窗，其中一侧有四株大柳树的枝叶呈半月形地伸向我们。

陪同我们的先生告诉我们：“徐志摩描写过这个桥，并命名为奈何桥。据说奈何桥是古代押解死囚去刑场的必经之路，要让犯人感到这世界是多么美好，然而，由于犯下了大罪，他必须与世界告别。”

死刑犯的命运与行刑者的残酷，尤其是徐志摩的名字触动了我。我“哦”了一声，似乎一瞬间时间与空间的一切距离都缩小了、打破了，往事与逝者都靠近了。是的，“康桥再会吧”，康桥就是剑桥，有了逗留才有告别。徐志摩那时候是多么年轻，他写的都是“象牙之塔”里的诗……而我第一次踏上康桥的土地，已经是六十多岁了。犹谓偷闲学少年？一九八七年首次造访英国，去过牛津没到过康桥。

贵宾馆在另一所古老的楼房里，木板楼梯狭窄弯曲，走在上面吱吱扭扭，令人发思古之幽情。一直爬到四楼，打开一扇厚重的门，是一个幽暗的小过厅，按动墙上的开关，高高地亮起了昏黄的灯。再用那笨重的铜钥匙开开房门，一间宽阔方正的老客厅出现在我们面前。褐黑色调，古朴的大写字台，曲背软椅，式样老旧的硬背沙发，墙上悬挂着一张带镜框的风景水彩画。更多的则是空白，以无胜有，以无用有，这种风格自然与矮小的充满各种物品的旅馆房间不同。

就在这个时候钟声响了。教堂的钟声悠远肃穆，像是来自苍穹，去向大海。我一时停在了那里，等待着，倾听着，安静着。

放下随身携带的物品就去圣约翰书院晚餐。进入书院，先去“派对”大厅。人们介绍说这间大厅保持着三百多年前的习惯，厅内只点蜡烛，不设电灯。人们又说，第二次世界大战当中盟军最高司令部诺曼底登陆的计划就是在这间大厅里制定的，因为有一张特大的军事地图，只有在这间大厅才能把整个图展开，而且这间大厅的遮光效果比较好。我想，历史是我们的近亲，历史就在我们手边，就在我们呼吸着的空气与我们被照耀着的烛光里。

所有前来饮酒并接着去吃饭的人都穿着为在本院获得过博士学位的人特制的黑“道袍”，十分庄严郑重。英式发音优雅做作，每人脸上的笑容都合乎标准。千篇一律的，数百年无变化的餐前饮酒的“过场”飞快地走完了。人们进入餐室，我们与一位来自美国的生物学家算是今晚晚餐的贵宾，被让到了首桌。每张桌子上都放着参加晚餐的全体人员名单和印刷精美的菜单——当然我们也从中验证了自己的存在，从而得到了些微虚空的满足。众人各就各位，首先由书院院长带领做祈祷，然后进餐。服务人员也都有一把年纪。主人解释说，由于“疯牛症”的威胁，今天没有牛肉可吃，改吃羊肉。其实头三天我已经吃过牛肉了，如果感染上，恐怕本人已经是潜在的疯牛症患者了。羊肉的味道乏善可陈，我没有吃多少，倒是多吃了一点儿甜食。晚饭结束后再去“派对”大厅喝咖啡。一切陶冶情性的程序认真完成，并没有用多少时间。远远比参加一次正式宴请简单迅速得多，难得的是这种数百年不更易的坚持。这与其说是吃饭不如说是吃饭的仪式，也许真是一种展现和怀念剑桥以及整个英国的历史、保持（为什么不呢）和炫耀剑桥及英国的光荣传统的典礼——如果不说是例行公事的话。我甚至猜想，与餐的一些人饭后很可能有约去进行另一顿晚餐，更美味更轻松更富有生活气息的一餐。历史的必须之后肯定还有现实的快乐，当然。这种保守的庄严与珍惜的认真劲儿也令人感动，没有这就没有剑桥，没有英国，再引申一步，就没有欧洲，并且（对不起）这本身就有观光价值。

从圣约翰书院出来，天色尚早，刹那的夕阳余晖一闪，阴云迅速地重新遮盖了天空。我很庆幸，可以早早地与校方的人员告别，享受一个晚上的自由独处。重新走过大院落，走上室内的奈何桥，想着死囚与徐志摩，想着《再别康桥》，轻轻地来与去，和《我所知道的康桥》。想着中外的历史、第二次世界大战与战前战后的和平时光，在剑桥获得学位的那种庄严与不无做作的盛典，“故国”神游，多情应笑我早生华发……然后，来到了那块大草坪上。

雨后的绿草如茵，映衬于四面的苍茫的建筑，显现出一种生命的滋润与新鲜。我看到了我们下榻的那间房屋的窗子，也看到了房后的教堂尖顶十字架。我想起了幼年时读过的有关欧洲的一切，比如《茵梦湖》。我知道“茵梦”只是音译，但是“茵”这个字还是使我立即把它与眼前的这片绿草联系起来。我假定绿草坪是欧洲的一道经久不移的风景。我假定不论是《傲慢与偏见》还是《简·爱》的故事乃至福尔摩斯的案件都发生在如此的绿草地上。走在这样的草地上我觉得有说不出的感动。我的感动是一种不胜其美，不胜其静，不胜其古老，不胜其空空如也，不胜其平凡而又妩媚的风格的感觉。按照徐志摩的描写，也许这里是应该有几头牛的，但我没有注意到牛。我说没有注意到，是因为我是如此融化于这剑河边的草地的静谧之美，我似乎已经丧失了旁的能力。

又下起了雨，小风相当凉。妻子说快进屋吧，我这才依依不舍地进了楼。

天也就这样黑下来了。楼里照旧杳无人迹。绝了。今夕何夕，此地何地？虽说已是五月下旬，阴雨天仍然寒冷。好在房间里的暖气可以调节，拧一拧螺旋开关，发出“咔咔”的响声，一股子温暖就过来了。洗洗脸，用电壶烧开水沏上一杯红茶。晚间，一面说闲话交换我们对剑桥的印象，一面找出了头几天这次访英的另一个东道主陈小滢女士送的她的双亲凌叔华与陈西滢的作品集翻阅。这才注意到客厅里靠墙摆着一排大书柜，书柜里码着的都是棕色皮面的精装旧书。时光似乎倒退回去了不少，我们与世界也两相遗忘，一种少有的随意与松弛抚慰着我们的心。

这时钟声又响了起来。满屋都是钟声，满身都是钟响。叮叮当当，颤颤悠悠，铺天盖地，渐行渐远，铿锵的钟声与一波未平一波又起的嗡嗡余韵互为映衬，组成了晚钟的叠层堂室。我们放下手中书，我们谛听着饱含着爱恋与关怀、雍容与悲戚的钟声。我们的心我们的身随着这钟声而颤抖而飞翔而化解。我重又沉浸到那种喜不自胜悲不自胜爱不自胜愧不自胜的心情中。我感动于钟声的悠久而惭愧于自己的匆促,我感动于钟声的慷慨而反省于自己的渺小,我感动于钟声的清脆而更产生了沐浴精神的渴望,我感动于钟声的深远而更急切于告别那些无聊的故事。

钟声至今仍然鸣响在我们的心里。

第二天按计划应是乘舟游览。无奈雨愈加大了,无法“撑一支长篙”去“寻梦”,去“向青草更青处漫溯”——只好取消这本会沉醉销魂的旅程。打着伞在剑河边站立了一会儿,分不清树、草、桥、河、栅栏和雨。想着,如果天气好一点儿该多么好啊——事情总不能太完美。谁能呢?到图书馆里看了看,找出了一九五八年收录我的作品译文的书——那时可把我吓坏了。然后提前离开了这所大学,这座城镇。

留下一些项目以待来日吧,我们都这样说,自我安慰着,就像来日永远与我们同在。

发表于《上海文学》1997年第4期

# 风格伦敦

有许多外国城市的名字我们早在幼年时期业已知晓，如巴黎、罗马、纽约、柏林、马德里、雅典，当然还有华沙和莫斯科……当它们排在一起，常常成为它们的排头的是伦敦。它们是另一个神秘得无法接触的世界，对于我来说，存在于地理、世界史，也许还有英语教科书和狄更斯、巴尔扎克、契诃夫……的小说里，存在于林琴南的古雅的译文里，然后这些教科书与新老译本以及它们引起的想象和面对巨大世界的敬意变为贮存于记忆深处的信息，已经贮存与魅惑了许多个十年。

一九八〇年我第一次来到纽约。我走在曼哈顿洛克菲勒广场的摩天大楼间深邃的街道上，像是游走在峻岭间的幽暗多风的深谷，又像是行走在美利坚的皱纹沟壑中。我的腿发飘，我的眼好像老是调不准焦距，我的耳边似乎一直嗡嗡地鸣响，我嗅到的是可疑的“生人”气。我看着各种肤色各种发色的行人，竟然怀疑起了自己：这是我吗？我是王蒙吗？我来到了纽约？纽约是美国？美国是一个真实的国家吗？纽约是一个真实的城市？这一切果真发生在地球上吗？两面的高楼是真实的建筑——经得住人居住和使用，不是图片和积木吗？来往的人与车是真实的人与车——即与你我以及你我乘坐过的车一样的人与车吗？我没有把握，我缺少像在北京或者在乌鲁木齐的那种坚实感。在自己的国家、自己的城市和乡村，连每一阵风每一片纸每一缕炊烟和每一声细微的耳语，都是抓得着、碰得痛、压得沉、硌得硬，都是有棱角、有重量、有来路、有去向、有温度，也有时候会尥一尥蹶子的实在物质。

而纽约，那是一种冒险，是一首狂想曲，是一次迷了路的游戏，是一幅现代派的颠覆性的画图，是对我所知道的正常的灵魂与身体、正常的日子与年岁、正常的大地与房屋的诱惑、挑战、冲撞直至毁灭。

一九八六年我第一次抵达巴黎。我已经积累了一点儿在国外旅行的经验了。面对大名鼎鼎的巴黎我已经变得沉静。我觉得巴黎比我想象的要亲切和淡雅得多。戴高乐机场的晨曦中与飞机赛跑的是一只只灰黄色的野兔;凯旋门并不高大;卢浮宫人头簇拥而又屏神静息;巴黎圣母院和凡尔赛宫空空荡荡,它们的身上永远披着一抹夕阳;香榭丽舍大街夜晚不准使用彩色灯泡,不施脂粉,永着素装;而在塞纳河的泛舟夜游,我看到的巴黎市容更像是一幅中式的水墨画,是一幢幢的黝黑的阴影。与放肆的纽约相比,巴黎是多么的含蓄又潇洒既悠远又舒适呀。也许,原谅我,巴黎,你是不是有点儿扭捏和做作,有点儿盛名之下的羞怯和矜持呢?

罗马对于我来说似乎开着更大的门,更加容易接近和进入。咋咋呼呼的各种古迹都明明白白地供人们游览凭吊。巨大的雕塑与油画充溢着健康的生命、欲望与真实。汉白玉雕刻的安琪儿,让人想到的是欢蹦乱跳的儿童——他们长着多么可爱的小脸与屁股蛋子——而不是远离尘世的不胜其寒的高天。意大利文艺复兴的真谛是走向人间幸福世俗快乐的此岸而当然不是相反。浓香的咖啡点缀街角,顾客来了,小贩临时给你把咖啡豆磨碎,冲成——不应该说是一杯而只能说是一盅咖啡,你仰脖干杯,如饮甘醇,立马离去却又回味不已。高的高矮的矮胖的胖瘦的瘦美的美丑的丑的人们各行其是,谁也不用为自己与别人有所不同而不安。除了它的国际机场的名字"达·芬奇"令人肃然起敬以外,整个罗马都是平坦的与随和的。它当然是欧洲的城市,但它不给你太多的陌生乃至压迫感。罗马那边似乎有着你的户口。

还有令人伫立不已的雅典神庙遗迹的西风残照。还有无法解释其魔法的开罗城郊的金字塔与狮身人面兽。还有马德里的塞万提斯广场——堂吉诃德与桑丘的头上臂上都落满了灰色的小鸽子,还有依山面海的阔大恢宏的佛朗哥墓。当然,还有歌曲《列宁山》里唱过的"我的莫斯科",红场、克里姆林宫和列宁墓,罗蒙诺索夫莫斯科大学,我唱过多少歌赞美无缘谋面的伟大的与美丽的你,而一九八四年我见到你的时候是怎样地为了你的老大夯粗的奔突而忧伤……

然而伦敦有些不同。狄更斯的《雾都孤儿》《老古玩店》中的伦敦是一个烟雾笼罩的黯淡的都会。而《第三帝国的兴亡》里的伦敦是一座阴沉的战斗的堡垒。到了80年代初期,我最有兴趣的事情之一是随着中央电视台的《跟我学》学英语,那时我说过我最佩服的中国人是国际关系学院的副教授申葆菁——她主持广播电台的英语《时文选读》与《星期日英语讲座》节目；而我最佩服的外国人是弗朗西斯米·修斯，他就是教我们学英语的《跟我学》节目的主人公。这套英语教学片中有许多伦敦风光的展现：泰晤士河上的桥、威斯敏斯特教堂，特别是那座大钟。于是我得知伦敦是一个向全世界教授英语的地方。

直到一九八七年我才有机会首次访问伦敦。那是作为嘉宾去参加世界出版组织的代表大会，同属嘉宾的还有印度外长辛格、尼日利亚诺贝尔文学奖得主索英卡和埃及总统夫人。那时候飞一趟伦敦是很麻烦的事，飞机要从南边的航线走，中途在阿拉伯联合酋长国的沙迦降落，休息加油加上起降，一耽搁就是两个多小时。再飞再停，到达瑞士的苏黎世，又要停留一两个小时，到了伦敦真是让人筋疲力尽。充满倦意的我住进了西敏寺的一家饭店，四面观察"摄像"的眼睛没有漏掉自机场至旅馆经过的著名的海德公园与大本钟。伦敦似曾相识。到达伦敦如到达一幅早已熟悉的画片，或者更正确的说法应该是一组(拉)洋片。当天下午就去西敏寺教堂出席年会的开幕式。那一次大会组织者邀请了英国的一批老演员在大教堂里朗诵莎士比亚等人的经典名作。不时还有合唱者参与其间，合唱者站在教堂建筑的高处，声音像是从天空洒下来的——此曲只应天上有，人间能得几回闻？英式发音也很好听。有一个英国朋友说，英国出口的最佳物品就是牛津式的英语。才到达伦敦，你就感到了她的独特的文化风格的冲击。伦敦的文化氛围先声夺人。

十年前在英国伦敦的那次短暂的逗留，已经使我注意到伦敦许多地方的独特风格。它的出租汽车保留着半个世纪前的高顶——为了适应当时英国绅士的高顶帽子，市议会多次辩论，决定坚持不改它们的独特式样。我这里已经多次用了“独特”这两个字，对于伦敦的议员来说，样式的独特与古老显然比技术上的合理、造型上的现代性演进性与成本经济核算——包括节约能源与减轻消费者的负担重要得多。这样一种价值取向似乎比汽车样式本身更耐人寻味。

西敏寺一带有许多店，那些服装店的服装价格大概可以令80年代的中国人咋舌。人们解释说，这里的高档时装店有些精心设计的时装是只做一件的，这样谁买了去都可以放心它是独一无二的。这样它的价格就不能与批量生产的物品同日而语。

是的，伦敦人的穿着首屈一指，虽然他们的收入并非首屈一指。老老少少，男男女女，大多都穿得那样合体、雅致，几近考究。再看看美国人吧，比起那些常常穿坚固的粗纤维制品或舒适随意的针织品的美国人来，伦敦人是穿得多么细心呀。

伦敦很少——在一九八七年是干脆没有，在一九九六年是极少——能见到日本进口的汽车，尽管日本车有价廉物美省油耐用等多方面的优点，以至于在汽车大国的德国尤其是美国你能发现大批日本汽车。英国人不愿意用日本车，与其说是由于爱国的政治情绪不如说是由于他们的讲求风格的传统和本能。

我也不会忘记在圣詹姆斯公园喂鸽子的情景。一进公园我就看到了像活泼的孩子们一样走向游人的红毛松鼠。它们是来向游人要饼干的。我真后悔事先没有准备，不能享受与松鼠共舞的乐趣。后来来到了河边，一株老树下飞来了大批鸽子。我正在为没有什么食物供给鸽子们而遗憾的时候，一个老妇给了我一把没有去皮的谷物。谷子放在我的手心，鸽子拥挤着前来，它们就在我的手心上啄食，啄得我手痒痒的，有时候还有点儿疼痛。鸽子的信任和亲昵，霎时间令我泪水盈眶，惭愧无地，与这些会飞的小生灵相比，我觉得自己是多么的不可爱。以此为契机，我写过一首不短的诗。

更不用说伦敦的白金汉宫、附近的温莎、伊登和莎士比亚的故乡：艾文河上的斯特拉福。一九九六年，我们在英中文化中心的安琪拉小姐陪同下观看了御林军的操练，他们的以红黑两色为主的鲜艳的服装、帽子上的缨饰、以走步和枪上肩枪放下为主的课目，加上人高马大的骑兵，使你觉得这一切具有很浓厚的表演性——绝对不是从实战需要出发，否则他们本来应该选择迷彩服和苦练摸爬滚打拼刺刀的。怪不得这种服饰的军人玩偶亦是伦敦销路最好的旅游纪念品。虽然每天练好几次，观看者仍然围得里三层外三层，水泄不通。

白金汉宫，是伦敦最重要的风景之一，没有这道风景就没有了英国没有了伦敦。是的，女王、爵位、宫前的练兵仪式和军人直至警察的繁复考究古色古香的服装、层层城堡、培养政治家的伊登公学的昂贵的学费与平时也穿着燕尾服的学生娃娃们，还有莎士比亚故居的吱吱作响的地板、皇家莎剧团的场场客满的演出、有着英国特有的动人的甜沙嗓子的女演员……所有这些组成了伦敦的自我欣赏的独特风格。能够自我欣赏,才能够被欣赏。我想起了一九八五年在当时的西柏林碰巧看到西方三国占领军阅兵的情景。最中看的无疑是英国皇家三军,他们的制服无与伦比,与之相较,法国兵显得自由散漫而美国兵显得杂七杂八。

甚至连王室与贵族地位的保留这样的尖锐的有可能引发政治冲突的大问题,到了英国这里似乎也被关于风格的重视所涵盖了。一位英国知识分子告诉我说,每天下午女王要走到阳台上向游客挥手致意,单单这一项节目就为英国多争取了几百万外国游客和许多英镑收入。单单从这一点考虑,英国也永远不会考虑废除王室与贵族制度。我不知道他的说法有多大的权威性与代表性,但是令我叹息不已的是敢情考虑政治社会经济人生重大问题的时候可以有完全不同的角度。

一九九六年我与妻子应英中文化交流中心的邀请访问伦敦的时候,住在繁华的赛尔夫里奇街的赛尔夫里奇旅馆。附近有一家大的综合商店。其中的食品有一部分比其他国家的超级市场可高档多了,例如水产,一般超级市场的大鱼是切成了块状而后出售的,这里,整条的大鱼也许会使你想起某个卖高价门票的“海洋世界”。从陈列到选货，从服务到包装，从灯光到柜台，一直到售货员的服装、气派与笑容，一切都显得那么讲究，那么大气，也许可以说是那么高贵。就是说，它的商店同时也是展览馆。走到卖结婚用品的地方，光是婚纱就绚丽夺目得令你惊叹。据说，这还是一家比较大众化的商店，真正讲究的店我还没有看到。妻子说，在豪华商店里不时有管弦乐队列队为顾客演奏。你说英国是破落户也行，你说大英帝国早已从“日不落国”的顶峰走向解体衰微也行，反正她还保留着自己的风度包括冲淡平和而不无矜持的微笑。一个人，风度依然，风格永存，宠辱不惊，即使时运不济也比较容易立于不败之地，比起忽冷忽热忽亢忽卑忽然咄咄逼人忽然连连叫苦乃至哭天抹泪的神经质来，自有分别。

一九九六年五月里的几个阴雨的早晨我们只不过是漫步伦敦街头。这是滑铁卢桥，就是美国电影《魂断蓝桥》里的桥。于是我们看到了这座普通的桥。这里是莎士比亚剧场。剧场正在翻修，是按照莎士比亚时代的老样子修的露天剧场。在我们奔走呼号忙于修建一座现代化的国家大剧院的时候，伦敦则忙于修她的古老与前现代化。一百个现代化的例如华盛顿的肯尼迪演出中心式的大剧场也顶不住一个莎士比亚。一百次文艺界的盛大联欢也赶不上一个莎士比亚或一个李白一个杜甫一个曹雪芹。规模不大的木结构露天剧场还没有修好就已经卖票招徕参观者，同时还举行着小规模的莎士比亚剧与莎士比亚剧场图片展览。

这里是圣保罗教堂，圣保罗教堂的屋顶不是尖的而是圆的。圣保罗教堂面前是宽阔的广场。进入教堂是巨大的前厅。到处都有巨大的空间和详尽完备的说明……好，到时间了，我们快走。现在让我们穿过圣詹姆斯公园。现在让我们去一个酒吧吃意式午饭。现在我们去吃土耳其饭。这里是一个小区，开满了鲜花店、小百货店和咖啡馆。这个餐馆是黎巴嫩式的。这里是唐人街，一九八七年来访时曾经在这里与一些华人名流会面。过去不远就是剧场区，晚上我们会来这里看音乐剧《猫》。这儿才是《猫》的老家，纽约百老汇上演的《猫》是从英国“进口”的，那首名为《回忆》的咏叹调令人怆然涕下……

也许这里还应该提到英国的议会。一九八七年那次来访我曾去众议院旁听他们的辩论和质询。议长戴着假发庄严前行，手里拿着主持会议用的木槌，两党议员互相嘲弄哄闹如塾师贾代儒不在时茗烟等大闹过的学堂，首相撒切尔夫人一周一次花费十五分钟来接受质询，唇枪舌剑，措辞简练……我深信至少从表面看来，在这里民主正是或首先是一种不失童心的做“秀”，是一掬欧洲城市的风景，是一道高级餐馆的祖传招牌名菜：正如法国的乡下浓汤与意大利的通心粉，美国的苹果派与苏格兰的羊杂碎——开德利斯……只要漂亮可口，也就可以令顾客满意。

你住在伦敦，到处都能看见那种不高不矮尖尖圆圆不算寡淡但也不艳丽的伦敦式的建筑。底部多半是阔大方正的白石，外观呈米黄、绛红，还有少量的青灰色。所有的建筑都做了精心的摆设与雕刻，充分发挥了几何学与雕塑艺术的匠心，使中国人看来如见西洋“淫巧”的玩具器皿。河岸的建筑的石墙既是墙基也是堤坝，它们使我想起北京故宫的护城河边的殿堂，但是更加开阔绮丽。哥特式的尖顶林立但不过分高耸，不那么刺激。倒是公用电话亭一律漆成夺目的紫红色，木阁子也很规整讲究，用木条木板组成了浮雕图案。你很少看到新房子，更没有那种纽约式东京式香港式的摩天大楼。甚至在深圳在上海在北京这种玻璃钢梁结构的高层楼房也正在不断地占领着空间挤压着传统。在伦敦,你感到一种和谐,在建筑与人们面部表情,天气与道路,商店与教堂,双层公共汽车与地铁,牛津式发音与被一些欧美人嘲笑的英吉利式烹调,服装与树木、草地之间,以及所有这一切之间,有一种统一,有一种属于自己的而绝不是旁人的性格。性格就是文化,性格就是风格。维护这种性格、文化、风格就是自我的实现,就是价值至少是价值的一个重要组成部分。这也就是人们所说的英国式的保守吧。在中国,“保守”是一个显而易见的贬义词,而在英国则完全不然,长期以来她的执政党就是保守党。保守是一种风格,是一种骨子里的傲气,是一种自得其乐的选择,是自己对自己的忠实。保守的伦敦是一个令人感到独特和趣味,感到世界上的值得保守的东西确实应该理直气壮地坚持下去保留下去守护下去的地方。

在英中文化中心演讲的那一个晚上也是难忘的。著名进步女作家玛格丽特·德拉布尔主持了我的演讲,一九八七年我们在伦敦第一次见面,她的关于文学的社会使命与现实主义的论点给我留下了深刻的印象。我曾表述这种印象说,与她比较起来，怎么中国的某些新生代作家反而更“西方”？我的话使她大笑。一九八九年初，我们又在澳大利亚堪培拉的“文学节”开幕式上相遇，四年后，她与另一位在中国有许多译本出版的资深女作家朵丽丝·莱辛到中国访问，她们曾一起到家中看我。我一九八七年去英国的时候邀请过她们，友好的玛格丽特非常适度地介绍了我，有一些幽默，有一些赞扬，有一些礼貌，有一些故人情谊……但都含而不露，尽在不言中。演讲后由英中中心的主席费利克斯·格林请我们到一家墙上悬挂了许多绘画作品、艺术情调浓郁的匈牙利餐馆吃饭，朵丽丝·莱辛也来了。我与朵丽丝相识更早一些，我们是“同科”的意大利蒙德罗文学奖得主。我们还有一个共同点，就是常常起得很早，起床后，早餐前，我们会到第勒尼安海游泳。在座的有一位科幻小说作家，十分健谈。我们要了匈牙利杜卡衣酒，聚谈甚欢。只是，对不起，我对这家名餐馆的烹调难以奉承。我在意大利和美国常常听到人们对于英国烹调的戏谑，不过，大部分时间，我觉得在英国吃得还是很不错的。

如果说巴黎是一种品位，罗马是一种（地中海的）情调，纽约是一种挑战的精神，马德里是一个醉人的故事，而莫斯科曾经是一首阔大激昂的进行曲的话，那么我要说，伦敦是一种风格——是含蓄风格的强烈（这样说有点儿自相矛盾）的、从有意到习惯成自然的展览。也许她是一个半老的徐娘——用台湾的玩笑说法叫作资深美人——不无憔悴却仍然自信于自己的高人一头的风姿。也许她是一处曾经辉煌一时的宅院，虽然已经走入历史却仍然从容与干练地接待四方来客。伦敦是老大，从而更增添了她的深沉的美丽。走近她，你立刻想起了“先生（更正确地说应该是夫人）别来无恙乎？”和“眷眷有故人意”的老话，那么是谁问候谁，是谁对谁有故人之情呢？你说不清楚了。四时之美秋为最，这是培根的名言吧。中国人也早就懂得夕阳无限好，有人认为“只是近黄昏”里的“只是”应作“正是”解，李商隐的诗是在赞美而不是在叹息。伦敦风格的展览里，每一块石头都是历史，每一个烟囱都会回忆，每一条街道都在郁郁地微笑，每一条领带都寻找着自身的最佳态势，每一个出租车司机与酒店出纳都和女王、首相、议员、爵士、披头士雅皮士甲壳虫一道，表演着这个民族这个岛屿这座老旧的城市的独特的兴衰悲喜，沉浸在他们自身的文化风俗里。她的自赏被你觉得熟悉与实际上的永久陌生，她的随和适应与不清不楚的城府，她的待人接物的令人感动的修养与内在的分寸距离，她的依然旧貌与我行我素……都使你离别她的时候——叫作相见恨晚而又匆匆别离，叫作乐莫乐兮新相知、哀莫哀兮生别离——悸然怃然依依然，挥手低头，难以分舍，长长地叹息。

发表于《散文（海外版）》1997年第6期

# 远方的海金刚

六月初的一天，我与外交学会代表团的其他成员被韩国主人招待去游览巨济岛的几个景点。头一天就告诉我们，一个是第二天能不能去要看天气，雾一大就去不成的，而主人的经验是，一年中有一大半天气会有雾。再者就是当年奉秦始皇之命东渡求长生不死之药的徐福曾到过这里，这里偶有甘霖垂落，食之延年益寿。还给我们发了一些预防晕船的小膏药，要我们贴在左耳根后，说是因为第二天的游览要在船上进行。

虽然如此铺垫，煞有介事，但我并没有特别在意。这二十年，走过的地方见过的世面也算不少了，奇就奇吧，险就险吧，天天奇妙，处处奇妙，回回奇妙，奇妙也就是正常就是规矩就是生活了。

第二天基本晴朗，离开我们下榻的舰队司令酒店，上了小汽艇，微微颠簸了一阵就进入了茫茫无边的大海。船长兼导游向我们介绍:海金刚就是海上的金刚山的意思。我是知道韩国人对金刚山的感情的,现代集团的老总郑仲永的一大贡献就是与北方合作开发了金刚山,使之成为一个旅游胜地,这次的中韩论坛韩方本来曾经考虑在金刚山举行,后来由于某些条件尚不理想才把会议地点改到了庆州。海上的金刚山,是什么意思呢?我仍然没有去想它。

地平线上出现了一批礁石似的凸起物,导游说那就是金刚山,我觉得有点儿意思,原来海金刚是几块礁石,或者最多可以说是一组岛屿,前不着村,后不着店,海上生大石,美称曰金刚。

船降低速度,慢慢向大石驶进,船靠近山体了。石不再像石,也不再像岛,而是确确实实像几座山了。迎面而来的是一座峭拔的奇峰,从峰顶裂开,一分为二,留下一条细缝。细缝里飞翔着停栖着一些海鸥。山石是硬性地被撕裂的,石山到处都是硬伤,到处都是伤口,然而石山挺立着,坚强着,骄傲地沉默着,迎对朝阳、海浪、游船和观光客,当然也迎对风雨、烈日、星空和一切灾害,同时也迎对着寂寞与空无。在游船没有到来的时候,这里更像是被遗忘了的天涯海角,这里更像是漫漫海水中的蛮荒之地，更像是杳无人迹的地方。

于是船长宣布他将把船开进山缝里去。

我的肉眼看来，船比山缝肥大得多，把船开进山缝，我心为之一惊。

就在我的困惑和犹豫中，船开进去了，船进入了山体，我们进入山体了。

于是石山如壁，天海皆变成了细缝。石壁上挂着露珠，石壁中飘浮行走着雾气，船声轰轰，船与石壁贴紧再贴紧，我们的心随着海金刚的伤痕随着石头的线条而向上向天延伸。我们与海金刚就这样相爱了依贴了相识了。

为什么，怎么，山动起来了，山在晃动，山在漂移，山在消长，云在跟随，浪在呜咽。是波浪的起伏反衬出了山的动荡，还是船的晃动反衬出山的摇晃？山动着，扭着，若有所语，若有所示，若有所叹。

我们为船长的技艺而鼓掌，然而说实话，现在感动我的已经不是船与有关驶船的一切而是海金刚本身了。世上怎么有这么绝的地方！我们从细缝里退出，再从各个不同的角度欣赏各座不同的山峰。其中有一座像僧帽一样的高峰，直上直下地矗立在汪洋大海里，像是被上帝之手扣定在那里的。还有一座山像是披着几层衣裳，在几层衣服后面一定有一个伟大而孤独的身体和灵魂。我们还走到裂了缝的山的另一面，看那被海水冲洗着的另一面的豁口的寂寞与峥嵘。我为之惊叹，我为之悲痛，我为之喝彩，我为之留恋不舍。

我估计我在海金刚那里逗留了二十分钟，我的感觉是只有三五分钟。三五分钟到二十分钟，这就是我与海金刚的缘分，这就是我与海金刚的情谊，我已经度过了生命的一百多万个直到数百万个三五分钟到二十分钟了。我与海金刚的缘分占我已有的人生经验的几百万分之一。然而这印象突然巨大起来沉重起来了，这经验突然超过了其他别的。我感觉到，我再不能忘记，也不能无动于衷于韩国巨济岛近边的海金刚了。

然后，海金刚像梦一样地留在我的头脑里。不，不是留在而是清晰地砍在刻在嵌镶在我的心里了，只有在梦中才能见到位置与形象这样奇绝和难忘的或山或石或岛。对于天，它只是几块石头。对于海，它也许能勉强算个什么岛。对于人，它是威严峻厉的山。对于我，它神奇得像梦。大海如梦。海金刚在梦中突出，如结如疤如奋然崛起的神灵。海金刚是海中升起的一股不平之气。

原来不仅人间，海里也有这样多的不平。而海金刚在梦中清晰得如同太阳与大地。后来得知，同行的韩国朋友也有不少是第一次到这里来的。至少迄今为止，它还不是一个通俗的地方。你喜欢它也罢，被它吸引也罢，对它入迷也罢，进入过它的身体也罢，你永远与它相隔，除了坐在船上看一看，瞄一瞄，你再没有亲近它的可能。它不可攀登，不可落脚，不可依偎，极难触摸；而且在某些天气下你必须远离它。你有幸走近一回，紧接着你离别远去，也许就是永诀。它与你生活在不同的世界里，中间隔着永恒。虽然它是那样挺拔，那样强硬，那样镇定而且那样峭丽，使你怦然心动，一见倾情，永志心头。

斯国斯海斯民而有斯景，这也不是偶然的吧？

发表于《环球》2001年第13期

# 印度纪行

二〇〇一年十二月五日至十七日，我与熊召政、余光慧、何向阳、钮保国等一道，作为中国作家协会的代表团出访印度。此前我已访问过四十来个国家和地区，出行八十多个国家（地区），但访问印度是我自己特别提出来的要求。印度对于我来说，或者不只对于我来说，完全是别样的世界，别样的感受，意义非同寻常。访问中访问后观察印度，揣摩印度，思考印度，萦绕于心，久不能忘。零碎记之，不敢不与读者交流共享。

## 美丽的印度石窟

印度的大小石窟极多，佛像与印度各种宗教的石雕与壁画数不胜数，其最大特点是美，人间性的美。

印度的神像其实就是完美的人像，丰满，浑圆，曲线，充溢着生命的动人的光辉，其实是十分性感的。在我们重点参观的爱罗拉与阿旃陀石窟中，你感到的首先是满足与沉醉，是欣赏与呼应，是亲切与吸引，而不是在欧洲乃至在中国进入一些宗教遗迹时的那种敬畏与膜拜。例如，埃及卡纳克神殿使你感到的是超人的宏伟，德国科隆大教堂使你感到的是高高在上的神祇，而阿旃陀的石窟给你的冲击是人间的特别是两性的美妙绝伦。当然这种性感得到了足够的升华，它与其说是肉的不如说是灵的，更正确地说，是从肉体的完满而走上了灵魂的圆融通彻。它拥有一种肃穆、喜悦、和谐、圆满、自足和平安；甚至它的欢喜佛也是充分地宗教化了的，即已经上升为一种仪式，一种对于神与它创造的人类的赞美，一种拜天祭地的歌舞。观印度的欢喜佛而邪念杂念顿消。它绝对不包含暴力倾向，不包含病态和变态的疯狂凶恶倾向，不像某些欧美的艺术作品所表现的那样。它是形而下的，因为那丰满的肉与曲折的线；它又是充分形而上的，神学的，因为那神情，那充盈，那慈祥，那永远的欢喜。据说印度人特别认为人体成为S形是最美的，在我们二〇〇一年十二月八日参观的奥兰加巴德的阿旃陀石窟(唐玄奘的《大唐西域游记》中曾经描写了此窟)中最有名的舞女像的身体就是S形的。我从中也想到了盘膝而坐的姿势。在这些神像与人像中找不到一个死角,一个硬折。在身体的曲折中,体现了柔韧,体现了丰盈,体现了灵活(死人才是僵硬即强直的),也体现了——我以为——一种虔敬和谦卑,一种信仰与反思;这就与例如百老汇舞蹈的那种极力伸展张扬和炫耀释放性的动作、姿势成为鲜明的对比。

奥兰加巴德的装饰布画大多取材于石窟雕像与壁画,在深色布上用鲜艳的天然颜料作画,极具观赏性。其中的女像也是极尽窈窕与丰满。顺便说一下,儿时读诗"窈窕淑女,君子好逑",我一直分不清什么叫窈窕什么叫苗条,我还以为苗条就是窈窕的俗称呢。这回好了,到了印度就知道什么叫窈窕了,而且是丰满的肉感的窈窕,又是诗一样歌一样舞一样的窈窕。布画中的女子侧影尤其动人,侧影只画一只眼睛,如同我们的皮影,然而一只眼睛的女子更加妩媚窈窕,亭亭玉立,端庄娴雅,圆润天成,令人神往。

印度人的美绝不一味强调苗条,不强调减肥,它的神像也好，电影明星歌星也好，都是既灵动又丰满的。他们承认体形的美，也承认肉体的美，更承认精神的美。神就是人的完美化，神就是人的理想的体现与升华。这是我这样一个非信徒在访问印度中所得到的神学与美学启示。

## 阿育王

这次访印似乎与阿育王有缘，在新德里，住在阿育王饭店。在奥兰加巴德，住在阿育王分店，在加尔各答，住在阿育王机场饭店。而十二月六日我们代表团全体成员与我驻印使馆文化处的两位外交官共同观看的电影就是宽银幕彩色大片《阿育王》。

阿育王是印度孔雀王朝的第三位君主，在位于公元前二六八至二三二年（当了三十六年国王，任期够长的了），以仁慈与将佛教定为国教而知名。他为了征服马哈那底河和哥达维利河区域而大举用兵，虽然取胜却因给人民造成的苦难而懊悔不已，乃放下屠刀，立地成佛。在印度看一个电影，是我提出来的，我当然不会忘记当年《流浪者》在中国的轰动。我也知道印度每年有上千部故事片的产量。我们看的完全是一部大片，有许多群众场面与战争场面，连印度片中惯有的歌舞场面也极为宏大。故事主题似乎未离阿育王的本事，但加上了一段爱情故事：说是邻国有一位躲避权力斗争的公主，与不愿意参与权力斗争的阿育王相遇。双方都没有暴露身份，以平民的身份相爱了。后来二人都掌握了权力而且兵戎相见，阿育王虽然战胜了，但发现战败者的统帅正是自己朝思暮想的情人，并从情人那里听到了冤冤相报的威胁，乃大彻大悟。

印度影片皆有大量歌舞，此片亦不例外。女演员是当年演"流浪者"拉兹的演员的女儿，能歌善舞，身手不凡，把人的美丽与歌舞、动作、姿态、声音、语言，特别是神韵的美丽结合起来，令人叹为观止。这里不乏调情与男女相互吸引的表现，但都化为歌舞，化为形体的技巧与轻灵，化为美的表演，化为一种艺术的气质和一种驾轻就熟的本领，化为赏心悦目的美丽而绝对不化为直奔主题的生理操练。

有人评论说印度电影不怎么现实主义，这种歌舞化的电影确实与写实手法有较大距离，它的观赏性似乎大大超过了现实性和教育性。有人说印度人常常生活在自己的梦里，不知道这种说法对不对。反正我们都很爱看印度影片。

到了孟买，这是印度最大的城市，是电影生产中心，号称印度的好莱坞。我们与文学院的同行们座谈的时候，问他们是否喜欢影片《阿育王》。出乎意料，一致回答不喜欢，说是没有什么新东西，说是影片投资很多估计要赔本，说是影片的票房不佳。到了加尔各答，问问那里的文化人，也同样回答不喜欢《阿育王》，因为影片里的情节于历史无据，是胡编乱造的。

我们反省，我们对印度影片的评价大概也属于老外眼光吧，老外是看不太准的，老外爱看热闹与奇特的东西，老外不知道前因后果，社会与历史背景，特别是已有的创作积累，也就看得浅而歪，倒也不足为奇，至少我们的老外评价并无不良企图。从此想开去，叫作推己及人，从此我们再见到老外对中国文艺的奇谈怪论与特殊口味，莫名其妙的观感，也就只能付之一笑，不必少见多怪，拿着棒槌当针（真），更不要唯人家的马首是瞻了。

## 泰姬陵

就在我们出发赴印的那个白天——顺便说一下，由于中印尚未直航，我们是先在午夜乘飞机到新加坡，次日中午再转机到新德里的——恰好中央电视台播送介绍印度泰姬陵的风光片，这个陵真是举世无双，它完全可以与埃及的金字塔（古代法老的墓）或者现代的西班牙首都马德里的依山面海的佛朗哥墓媲美。所有到了印度的人几乎都要看泰姬陵。它位于距新德里一百多公里的阿克拉镇，距离不远，但交通很辛苦。再辛苦也罢，到了那里，看到纯白的大理石巨块，几乎可以称之为镶嵌一般地，严丝合缝地垒起的圆拱形建筑及整个布局，你有一种来到了另一个世界、另一个天地的感觉。这里，纯洁代替了污秽，规整代替了混乱，美妙代替了丑恶，安宁代替了慌张，和谐代替了冲突，肃穆代替了轻浮，宽敞代替了拥堵。人怎么可能想出、做出、完成和保存这样的创造？于是你叹为观止。

而且泰姬陵不仅是一个孤零零的陵墓，陵前的红石铺路与水池映天，也映着主陵的倒影，陵后有弯弯曲曲的河流，陵旁有同样材料的四座石塔以及陵的主门辅门、主要拱顶与四个类似角楼的拱顶圆亭，尤其值得一提的是离泰姬陵不太远但又拉开了距离的红宫，亦即国王办公的地方，全部用红色大理石建成。从那里望去，可以看到泰姬陵的全貌。这些都使人们感到一种平衡，一种超人间的感受与满足。人间没有天堂吗？那就让我们用双手造出一个来吧。资料告诉我们，泰姬陵是一六三二年至一六五四年间建成的，离现在不过三百多年，但已经显得很古老了。莫卧儿王沙贾汗为他的爱妻比格姆修了这个陵墓。比格姆死时只有三十六岁，是分娩第十四个孩子时猝死的。陵墓位于亚穆纳河边，国王可以从自己的宫殿看到这个陵墓。国王本来要为自己修一座与之形状相同而用黑色大理石做材料的陵墓，但未等实现他的愿望，他就被废黜了。不知道他的被废是否与为爱妻修墓极尽铺张有关。

如果不是亲眼看见，这个建筑与围绕建筑的故事更像是神话。世界因为有了神话而变得更精彩，世界因为有了印度文化而精彩——这后一句话是作协外联部的钮保国同志说的。沙贾汗与比格姆由于有了这个泰姬陵而为人所记忆，印度因为有许多泰姬陵这样的文物古迹而受到尊敬、受到爱恋而拥有了自己的地位，至少也从而吸引了众多的游客。当然你也可以将这个陵墓看作是专横愚昧、穷奢极欲、横征暴敛、自取灭亡的物证。但是，如今这个泰姬陵是怎样地令人赞叹、令人流连、令人快乐、令人满足啊。怎么样评价这个陵墓的建造呢？为什么习惯于黑白分明地看问题，习惯于臧否分明地做出价值判断的我感到了一些困惑呢？为什么历史的悲剧和喜剧直到丑剧，会成为后人的文化遗产呢？艺术的成功与经世的成果就是这样的互不相容吗？呜呼，念天地之悠悠，能不怆然而泪下吗？

## 新德里与孟买

到达印度的第一天我们住在了新德里，这儿不冷不热，正是一年中最好的季节。据说夏天是很可怕的，最高温度能达到四十六摄氏度左右，真难以想象。

新德里是政府与外交使团和一些大单位的所在地，宽敞、明亮、干净，绿地很多。据说不带"新"字的(旧)德里就拥挤多了。我早晨在新德里散步，看到许多三轮摩托的士。一位"摩的"的哥与我交谈,极力兜揽生意,极为健谈。毕竟是居住在首善之区的人啊。

我们在新德里看了甘地墓、尼赫鲁及其家族墓与英迪拉·甘地国家艺术中心。虽然只是一个普普通通的口了,仍然有不少人在那里瞻仰、献花、致敬。英迪拉·甘地国家艺术中心则正在举行舞蹈家香卡的纪念展,还在露天举行了一次舞蹈表演,既民族又现代,内有许多模仿鸟类的动作,令人联想起杨丽萍的孔雀舞。

新德里的印度教寺庙也令人难忘。彩色砖木,天然颜料,层层叠叠,表达的是等级观念的先验性。僧侣给来参观的人的额头点上红点以求吉祥,也很美。

另一个极重要的城市是孟买,那里是亚热带,一年中的大部分是夏天。它由七个岛组成,狭长地形,是英国殖民主义者到来后才繁华起来的。它的交通堵塞得很厉害,海滨、棕榈、各种商业广告和招牌,使这个城市显得很洋气。我们到它的象岛参观石窟建筑艺术,还去了它的克什米尔公园,这里更像是一个植物园,因为花花草草很多。孟买有一段海滨,据说是富人区,我们在那里散了一会儿步,实在没有看出有什么富人味道。我在孟买买了一套印度服装。

与孟买同行的座谈是有趣的。一个人问为什么中国坚持马克思主义。我告诉他们，中国人选择马克思主义不是偶然的，与中国曾经面临的剧烈的社会矛盾有关，各种主义都试过了，只有马克思主义能解决中国人面临的问题，同时中国传统的修齐治平的理想，也有利于我们接受有整体性和系统性、实践性的马克思主义理论。看来他们对我的发言尚能点头称是。另一个人问及中国作家的创作自由，我说虽然这种自由并非完美无缺，也不可能是绝对的，然而目前状况是历史上最好的。他们为我的说法鼓掌。而一位印度女作家说，在印度，写作要考虑到那么多宗教信仰、戒律和信徒感情，写起来也是不那么自由的。

更高兴的是印度同行告诉我，他们把我的五个短篇小说译成了印地语。这使我想起了一九五七年，一位关心我的老同志告诉我说，我那个《组织部来了个年轻人》译成英语，刊载在印度的一家报纸上了，这是那篇文章最早地走出国门，可惜，查不出来了。

# 加尔各答与泰戈尔

印度的另一座名城是加尔各答。地图与百科全书上说加尔各答是印度第一大城市，而此次见面的朋友们说是第二大城市，那么孟买就成了第一了。加尔各答人口极稠密，大街上的垃圾之多令人难以置信，交通之堵塞也相当惊人。当然中国的城市也同样受到环境、交通等问题的困扰，但对不起，与之相比，中国算是天堂了。我们在加尔各答堵塞的交通与气味强烈的垃圾中缓缓行进，我很佩服印度自产的大使牌汽车与驾车的司机。它们虽不抢眼，但很皮实，车前后灯上大多装着防护性铁栅，而公共汽车的车窗上也都是防护性铁栅：车上人太多，挤之欲出，车外还有挂票。司机则不放过任何一个空隙，钻来钻去，给人以惊心动魄之感。最后，我们的车实在开不动了，只好下车走路，走到一所红楼，看到了泰戈尔胸像，得知这就是泰戈尔的故居，而现在是一所艺术学校。

这就是另一个天地了，像一个私人公园，高雅、安宁、清洁、阔大、自足，树高花艳，天高气爽，与外面的世界形成鲜明对比。流行歌词说是外面的世界很精彩，这里则是里面的世界真精彩。没有这样美好的环境，泰翁大概是写不出那么多感觉良好、充满美善与慈祥的人性颂歌与赞美诗篇来的。没有外面的贫穷、艰难、肮脏与一切不便，泰翁大概也不会写出那么多同情百姓、同情底层人民的小说来。由于后一类在中国并不为人熟知的作品，泰翁曾经被自己所属的种姓与阶级所咒骂，然而他也从中获得了人民性，获得了人民的感谢与赞扬。由于前一类作品呢，他又成了纯洁的天使，成为永久人性永久神性和永久的爱的守护神。他确实是太伟大、太成功了。

他有两米多高，这在作家当中是不多见的，这也可以看出他的遗传基因不俗与后天调理得当。他还是歌唱家、画家、哲学家。我们在故居听了他的唱歌录音，看了他的特大号木床，瞻仰了他的鹤发长须照。高山仰止，心向往之。

“人类的历史很忍耐地等待着被污辱者的胜利。”泰翁此语多么高妙，被污辱者是要胜利的，所以，他是站在被污辱者一边的。为了这胜利，整个人类都要忍耐，而且是很忍耐。珠圆玉润，隽语天成，你还能说得更好一点儿吗？

所以，“我生命中一切的凝涩与矛盾融化成一片甜柔的谐音——我的赞颂像一只欢乐的鸟，振翼飞越海洋”。

所以，“进到沉静的山谷里去吧，在那里，一生的收获将会成熟为黄金的智慧”。“我们在热爱世界时便生活在这世界上”。说得何其好也，我们这些沉静不下来、成熟不起来、得不到黄金也得不到智慧、虽然热爱得不够也还得生活在这个世界上的中国当代作家，怎么可能不羡慕与膜拜你？

我们在他的纪念室献了花束。印度的泰戈尔有福了。我想，有没有泰戈尔，印度给人的印象可能并不一样，诺贝尔奖奖金给人的印象也并不一样。人们也许真的认为诺贝尔文学奖是专门与各种体制捣蛋的恶作剧呢。这不是，通过泰戈尔，我们渴望走向的“世界”为我辈树立了另类光辉的典范，一个国家是多么需要泰戈尔这样伟大而又叫人放心、富有同情心但更富有耐性的大师啊。

## 舞蹈与哲学

在印度，常常听到一个词，就是 philosophy——哲学。在加尔各答我们有幸参加了一次舞蹈表演晚会，在大量的解说词中，我不断地听到这个光辉的词，一些电影中也时而出现这个词。

跳舞不忘哲学，声色犬马中都有哲学，这是一种理想，一种伟大的人文精神吧。我们欣赏的舞蹈分三部分，第一部分是对印度教女神的崇拜，回顾了这块土地上的先民的生活，表达了对大自然也是对神灵的赞美。天人合一的前提是天神合一与人对神的向往。印度舞蹈绝少对生活模仿，而突出了人的情绪特别是宗教信仰激情与人体的美与力的表达，水准极高，每一次亮相都令人叫绝，每一个动作也充溢着美感。据说演员基本上是业余的，这更令人赞叹不已。

第二部分——至少我觉得是集体的瑜伽，也是赞颂和祈祷吧。对一种伟大的超人间的形而上的力量与威严、善良与慈爱、奇迹与幻想的追寻与靠拢，这是很艺术也很思想的，沉迷于艺术和思想、精神世界与精神花朵。自我救赎与普度众生的伟人是离不了这种赞颂与祈祷的，在赞颂与祈祷中完成了精神，也完成了自我。

第三部分则是一个小舞剧，是说一个部族侵入了另一个部族的地盘，把被侵入部族的男人杀掉了，家属们痛不欲生。而后家属们被胜利者所占有。一位貌美如花的女子组织了姐妹们反抗，趁胜利者不备刺杀他们的故事。

包袱并不在于刺杀的成功与否，而在于成功之后，被刺杀者的家属们来到了。她们看到了自己的夫君丧命，当然也是呼天号地，悲痛欲绝，恰如前几天的对方妇女。于是妇女们从中大彻大悟，懂得了己所不欲勿施于人的道理，与对方家属热烈拥抱，共谋永久之和平。这出舞剧的结尾，又与《阿育王》相通了。

据说印度是以自己的非暴力哲学而骄傲的。据说印度社会的根本制度是种姓制度，不同血统、不同种姓的人自然在社会上具有不同的地位，尊卑有序，上下有别，自然也就没有了争斗，没有了战争与革命。印度圣雄甘地提倡的就是非暴力斗争，他以绝食为手段，从英国殖民主义手中争到了印度的独立。还据说印度虽然拥挤异常，但街上很少人争吵打架，这与他们的安于现状、认命不争、寄希望于来生的信仰与哲学有关。我那么看着，街上的人倒是不显得好斗。但是就在看舞蹈演出那个晚上，有两个人因座位问题而争吵起来，声音还挺大。当然，非暴力与自求平衡的哲学是迷人的。

我们在孟买吃早餐时前堂经理过来与我们搭讪，他似乎为印度的议会民主而颇为得意。人一生下来就不平等的地方是怎样民主起来的呢？这样的哲学作为舞蹈大概是非常有观赏性的，但是在治国的实践中，它又是很难操作的：在这个伟大的国家，你也许看到了过多的乞丐，过多的残疾人，无法控制的人口增长和过多的赤贫，过多的垃圾，过于混乱的社会秩序……这大概又是一个哲学问题了吧。

## 思想的魅力

在甘地墓，有一块石碑，上书甘地名言："俭朴的生活，崇高的思维。"（Simple life, high thinking）

这话确实非常甘地，非常印度，非常人文，非常精神，也非常符合第三世界知识分子的口味。我们想一想甘地的打扮吧，披着一片麻布就行了。这也非常东方，我立即想起了"安贫乐道"的中国古训，想起了孔夫子对颜回的称道："贤哉，回也！一箪食，一瓢饮，在陋巷，人不堪其忧，回也不改其乐……"

一位欧洲朋友曾经对我说，与印度人相比，中国人是不是太在乎本国与发达国家的差距，太在乎本国的经济发展，太在乎人均收入和消费水平了？印度虽然很穷，但是他们言谈之中不大在意这一点。

西方流行着一个文化故事，说是半夜房顶漏雨了，不同文化的人有不同的应对方法。欧洲人会爬到房顶上去修房；中国人会想办法遮雨导水，继续睡觉；而印度人呢，会沐雨而歌舞一番。

比喻都是跛足的，尤其是对中国人的说法我们多半不服气，但也可能更坏，一漏雨房子里的人先各自推诿互相埋怨直到爆发内战。印度人的沐雨而歌舞实在可爱得要命，却又有点儿匪夷所思，更像梦游或是走火入魔。

据说印度有一个有名的故事，两个人在河边，一个捕鱼，一个睡觉。捕鱼者劝告懒惰者要努力工作，懒惰者问："捕鱼干什么？"答："卖钱。"问："要钱干什么？"答："享受，休息。"问："你看我现在舒舒服服，而你在忙忙碌碌，我不是已经又舒服又享受了吗？"答："……"我在德国作家、诺贝尔文学奖得主海因里希·伯尔的短篇小说中看到过同样的故事，不知道是伯尔受到了印度哲学的影响还是印度人受到了伯尔的影响，还是二者巧合。

俭朴的生活，崇高的思维，这确实是一种理想，但是如果简朴到了不能正常地至少是不能健康地活下去的地步呢？在印度的城市，你会遭遇多少乞丐呀。我试图向其中的一些妇女和儿童施舍，不得了，给了一个，上来十个，他们围上你的汽车，拼命敲响你的车窗。

再比如印度的旅游，那么好的地方，如泰姬陵，如爱罗拉和阿旃陀石窟，连一个像样的旅游纪念品或礼品商店也没有，交通也是那么艰难。在这些地方，一些儿童围着你强卖，许多都是假冒伪劣产品，实际上卖不出什么价钱。他们的旅游业实在是属于待开发的状况呀。

为什么不是日益提高的生活和日益提高的思维层次呢？为什么水涨船高会比一低一高更差？生活的简单是一睁眼就看得见的，思维是不是高明，谁来判断？弄不好会不会成为阿Q？如果现世与憧憬两者都具有高质量岂不更好？泰戈尔不就是既有美好的生活，伟岸的身躯，阔大的花园和房屋，又有美好的诗篇、散文、音乐和哲学吗？

然而世界是丰富多彩的，印度仍然是迷人的，远观比投入更迷人。用不着王某人杞人忧天，更无须越俎代庖。我同时借此小文给美丽的印度人以最好的祝福。

发表于《中华散文》2002年第4期